イラスト：佐々木あかね

そうだ。奴隷を冒険者にしよう

父親から道具屋を譲り受けた商人。
奴隷を買って冒険者に仕立て上げる
ビジネスを思いつく。
ご主人
ご主人に買われた奴隷の少女。
冒険者として働かされることになる。
アズ

エルザ
癒しの奇跡や祝福の加護を持つ
シスターだが事情があり奴隷である
ところをご主人に買われた。

アレクシア・テンタキル
魔導士＆騎士の帝国貴族のお嬢様。
捕虜になり奴隷となったところを
ご主人に買われる。

そうだ。奴隷を冒険者にしよう

目次

第一章　初めての奴隷

俺は少し古びた椅子に座りながら、数枚の銀貨を右手で転がす。

小気味よい音がした。商人であれば……いや、人間だれしもこの音が嫌いな奴はいない。

右手の銀貨をわざと音を立てて机にぶちまける。

そうすると、机の前に突っ立っていた銀髪の少女が音に反応して硬直した。

軽装ながら鎧をつけ、剣を装備しているが似合っているとは言えない。

右目に取り付けた片眼鏡を通して少女を見る。

奇麗な顔も髪も少し汚れている。俺は銀貨を一枚だけ掴むと、それを少女の前に突き出した。

「お前の値段はいくらだったかな？　アズ」

「あ、あの……ごめんなさい」

「俺はお前の値段を聞いたんだが？」

「金貨五十枚、です」

「そうだな。装備やらなんやらでもう十枚。つまり今のお前は金貨六十枚分の価値があって、お前はそれを証明しなきゃいけないってことだ」

「……分かっています。ご主人様」

暗かった表情がより暗くなった。

まあ無理もないだろう。奴隷として買われて、持ったこともない剣やら鎧を装備させられて迷宮に送り込まれ、何とか生還したらこれなのだ。

そして頑張って得たであろう銀貨四枚は俺の手の中にある。

衣食住も含めたすべてを俺に依存しているし、逃げる先もない。

「俺もお前がいきなり稼いでくるなんて思ってないよ。それで冒険者はどうだった？」

アズは優しい言葉をかけた俺にやや面食らったが、待たせると機嫌を損ねると思ったのかすぐに口を開いた。

「あんまり良くなかったです……簡単な講習だけで後は実戦で覚えろって送り出されました。ご主人様からもらった装備がないと多分死んでたと思います」

だろうな。冒険者ってのはやりたがるやつが無駄に多い。

冒険者組合だって一々相手にしない。準備は各自でってのは事前に調べたとおりだ。

だから俺はアズの為に軽量化の魔法が掛かった剣と軽装の鎧を用意した。

冒険初心者が行く場所じゃ完全に過剰装備だ。子供だって帰ってこれる。

……アズもまだ子供だった。

「あと変な目で見られました。なんでこんな装備を持ってるのか、とか女の子一人で危ないから一緒に行ってやるとか」

アズは美少女だ。ちょっかいはあるだろう。

冒険者には向いてないと奴隷商に言われたが、長く手元に置いておくなら見た目が良い方が良い。女なら使い道もある。

「改めて言っておくが、よそのパーティーには参加するな。組むのは奴隷を補充した時だ」

「はい……言われたことはちゃんと守ります」

「物分かりが良くてうれしいよ。それで、いつまで俺より高い所で話しているんだ？」

そう言って俺はアズに銀貨を投げつける。銀貨はアズの顔に当たり、アズの顔色はみるみる青くなった。勢いよく投げたわけではないが、恐怖心をあおる効果はあったようだ。

アズは急いで床に座り込んだ。うん、いい眺めだ。スカートを着せた甲斐がある。ちなみに床は座っても痛くないようにカーペットを敷いている。躾(しつけ)はしなければならないが、やたら痛めつける必要はない。

「ご、ごめんなさい」

「そういう時は申し訳ありません、というんだ」

「申し訳ありません」

アズは手を固く握りながら、震えつつ口に出した。

「投げた銀貨はお前にやろう。最初に得た銀貨だ。いい記念になる」

「ありがとう……ございます」

素直にお礼を言った。反抗心が薄いのだろう。俺の言うことに基本的に逆らわない。

アズはゆっくりと銀貨に手を伸ばし、それを大事にしまった。

俺は残りの銀貨三枚を硬貨袋にしまう。

実際のところ上出来なのだ。何もできずに戻ってくる事を想定していた。

どうしてもダメなら最悪娼館に横流ししても良い。元手くらいにはなる。

だがアズは装備に物言わせたとはいえきちんと討伐をし、運よく宝箱を見つけた。

まぁ、初心者の稼ぎなんて運がよくてもこの程度なのだが。

死ななければいい。迷宮で生き残ればそれだけで強くなる。

「お前が冒険者として活動するうえで必要なものは俺が準備する。だからお前は稼いでその金を俺に持ってこい。心配するな。大事にするしちゃんと稼げるなら待遇も良くなる」

「……はい、わかりました」

少しばかり返事が遅いが、一仕事終えたのだ。許してやろう。

「お前は今日からここで寝泊まりだ。二階の奥の部屋を空けておいた。必要なものは運び込んでおいたが、足りないものがあれば明日呼び出した時に言え」

「部屋を貰えるんですか？」

「そうだ。衣食住を用意するのは主人の務めだからな。食事はとりあえず部屋に用意してある。冷めてるが我慢しろ。とりあえず食ってこい」

ゆっくりとアズは部屋から出ていく。空腹だがそれより疲れ切っているといった感じだ。

退室した後に湯を沸かす。以前は使用人がいたが、節約の為に暇を出した。

湯をアズの部屋に持っていく。身体を拭くのにも装備の手入れにも必要だ。

部屋のドアを開けると、アズが下着姿で座ったままウトウトしていた。

美少女だが、やはりまだ子供だな。

俺が入ってきたことにようやく気付いて口を開けようとするが、そもそも奴隷の部屋に主人が入ったことをとがめられる筈もなく。

座ったまま真っ赤になって顔を伏せていた。

「湯を置いていく。体を洗って装備を手入れしたら寝ろ」

「……………はい」

なんとか絞り出した返事だった。用意していた食事は奇麗に平らげてある。

食べ盛りの年頃だ。俺は食器を持って部屋から出る。

すすり泣くような声が聞こえてきた。残念だが、奴隷になって俺に買われた時点でお前の運命は決まったんだよ。アズ。

次の日の早朝、部屋で帳簿を記入しているとドアがノックされた。

この時間は店も開いてないから従業員もいない。いるのは奴隷のアズだけだ。

「入れ」

ゆっくりとドアが開き、おずおずと部屋にアズが入ってくる。顔色は昨日よりいい。

「お、おはようございます」

服装は用意した服に軽装の鎧をつけたもの。剣は装備していない。言いつけた通りだ。

昨日はアズが迷宮帰りだったこともあり薄汚れていたが、今は小奇麗になっていて装備も少しは様になっている。

まるで背伸びした少女冒険者に見える。奴隷の証である右手のブレスレット以外は。

「あの……ご主人様？」

「俺は同じことを言うのが好きじゃないんだが」

そう言って俺はカーペットに目線を向けた。

アズは急いで座る。不安そうに俺を見上げてくるが、下手に口を開くと不評を買うと思ったのか黙ったままだ。

「よく眠れたか」

「えと、はい。あんな柔らかいベッドは初めてで……すぐ眠れました」

「そうか」

疲れ切っていただろうから昼まで寝ていると思っていたが、中々根性がある。

「今日はこの依頼に出向いてもらう」

そう言って俺は数枚の依頼書をアズへ渡す。

アズはそれを一目見て、俺と依頼書を何度も見比べた末に絞り出すような声を出す。

「ご主人様……私は文字が読めません」

「そうだったな。まあ要約すると指定された草原で薬草を摘みながら魔物を狩れ」

「……はぃ」

断りたいのに断れない、というアズの心情が手に取るようにわかる返事だった。

素直で宜しい。依頼書は組合の依頼の中で不人気のものを回収してきた。

その中で草原に関する依頼が数件あったので、それを纏（まと）めてうちが引き受けた。

不人気の依頼でもまとめればそれなりにはなる。

養う生活費を考えれば悪くない額だ。食事と服代なんて知れてる。

アズを一人前の冒険者にし、稼がせる。薬草なんてついでだ。弱くても魔物を狩らせる。

強くなるまでしっかりと支援は怠らない。

「薬草は依頼書に載っている。素人でも見分けがつくものだ。問題は魔物だが

「……」

不安そうな顔で俺を見てくる。

ここで俺が行かなくても良いと言えば、ぱっと花が咲きそうだな。

アズはまだ理解できていないようだが、この程度の依頼は心配する必要がないのだ。

用意した剣は軽量化の魔法が掛かっていて、少女の腕力でも問題なく振れる。

鎧には衝撃に対する守りの魔法が掛けてあり、雑魚の魔物なら突撃されても尻餅(しりもち)で済む。

装備だけで圧倒しているし、そうなるように準備した。

「頑張れ。物資はこのリュックに詰めてある。必要になったら使え」

そう言って、机に立てかけていたリュックをアズの方へ投げる。

中にはポーション、毒消し、解体用ナイフ、水、非常食などが詰めてある。

当然これも軽量化済みだ。そして最後に赤い石のネックレスをアズに見せた。

「これは魔導石だ。常に身に着けて命の危険を感じたら割れるように念じろ」

金貨三枚の代物だが、アズが死ぬよりはいい。割れた時の効果は火の魔法だ。

使い捨てだが、その分強力。魔導石のネックレスをアズの首にかけてやる。

見た目はまるで宝石だ。アズは驚きつつも、初めて嬉しそうな顔をした。

「こんな奇麗な石を貰っていいんですか？」

「どうせお前も俺のものだ。これが役に立つお前が持っていればいい」

「分かりました」

えへへ、とアズは年相応の少女らしく笑う。

なんだかんだで女の子ということか。

「それじゃあ行ってこい。数は読めるだろ。依頼書には絵も載ってる。魔物を必要なだけ殺して、薬草を摘んで来い。期間は四日あるから毎日暗くなる前に帰れ。門が閉まる」

「はい……」

俺の言葉で現実に戻ったアズはリュックを背負って部屋を出ようとする。

「おいアズ」

「なんでしょうか」

振り向いたアズに銀貨をゆっくり二枚放り投げた。

アズは慌ててそれをキャッチする。

反射神経も悪くない。見た目で選んだが思ったより良い奴隷を引けたな。

「それで飯でも買ってからいけ」

「あ、はい！　ありがとうございます！」

今日一番大きな声でアズは返事をした。食べ物で釣れるようだ。

ずいぶん素直というか逆らわないし、あまりいい環境で育ってはいないのだろう。

今度こそアズは出発した。怒られることに対する畏怖で手は抜かない。

まぁ、アレなら大丈夫だな。さて、本業をやるか。

アズを買った金や装備代やらでかなり使った。道具屋だから消耗品は安く済む。

まだ資金自体はあるが……正直奴隷を使ったこの商売はまだ俺も手探りだ。

少しの間はアズ一人で様子を見たいところだな。


私は主人に渡された依頼書を懐に仕舞いながら走って市場へと向かう。

走る度に腰に下げた剣の鞘がベルトと接触して金属音が響く。

この音にも、剣の鞘を腰に下げている感触にもまだ慣れない。この前まで貧しい山村で畑仕事を手伝わされていただけの小娘なのだ。その上口減らしに売られてしまった。

金を受け取って嬉しそうにしている両親の顔をまだ覚えている。

……あれなら不服そうに私から銀貨を受けとった主人の方が、はるかにマシだった。

鎧が重い。金属部分は胸当てと手甲だけだが、私にはそれでも重い。

すぐに息が上がり、走るのをやめて徒歩に切り替える。

まだ市場まで少し距離がある。頭の中では歩きながら色々な考えが浮かんでくる。

その中でも最も大きな疑問は、なぜ私を買ったのだろうという疑問だった。

明らかに主人の目的には不向きだ。荒事が得意そうな奴隷もいたのに迷わず私を買った。

男に買われたのだから、色々させられるのだろうと思っていたのだが……。

まさか武器と防具を持たされて冒険者になって稼いで来い、などと言われるとは夢にも思わなかった。

果たしてどちらが幸せだったのかと考えると……私にはあまりにも難しい問題だった。

少なくとも主人は暖かい寝床とちゃんとした食事を用意してくれる。

冒険者になれという無茶な言葉も、実現するためにしっかりした装備をくれた。

私を売り飛ばした故郷よりも、よほど大事にしてくれている。それだけは間違いなかった。

少しばかり意地が悪いというか、性格は悪いと思うけれど。

言う事をちゃんと聞けば多分大丈夫だろう。悪意は感じない。

そんなことを考えている間に市場に到着した。

市場の朝は早い。日の出には屋台が準備を始めている。

主人から貰った食事代は銀貨二枚。これなら屋台で温かいスープと沢山具の挟まったパンが買える。最初に貰った一枚はとりあえず取っておこう。私のものは主人のものだからあまり意味はないのだけど。記念と言ってくれた銀貨は部屋にしまってある。

屋台から煮込んだ羊の肉と香草を挟んだ黒パンと肉団子のスープを受け取る。スープはリュックの中に入っていた空の水筒に入れたので器代が浮いた。

市場から出て、草原の方角にある門へと向かう。

お腹が減っていたので黒パンを歩きながら食べたかったが、もし落としたら……と考えて落ち着いてからにした。

草原へ向かう門は小さく、人の出入りも少ない。門番も暇そうにしていた。

門番に依頼書と冒険者の証を見せて外へ出る。

風車小屋と大きな川が広がり、都市道が続いている。

山村から売られてこの都市に着いた時、外に出られるとは思っていなかった。

このまま逃げたらどうなるのかなと思ったが、右手のブレスレットがある限り職には就けないし意味がない。帰る場所があるだけマシなのだ。

草原はこのまま都市道を歩いていき、途中で脇道へ逸れると到着するようだ。

やや緊張していたが、いきなり迷宮に放り込まれた昨日よりは余裕がある。

リュックを背負いなおして、草原へと向かった。

少し歩き疲れた頃、草原に辿り着いた。

見渡す限り青い空に白い雲。地面にはただひたすら緑のみ。

山の景色を見慣れていた私にとって、その光景は息をのむほどの壮大な情景だった。

しばし見惚れていたが、草の音に我に返る。依頼書を懐から取り出して改めて眺めた。

文字は相変わらず読めないが、主人の言った通り絵でも説明されている。

貰った依頼書は三枚。一枚は薬草採取。葉は青く、花は黄色い草を集めればいい。

次の一枚は黒い蛇の絵が描かれている。証明の為に頭を切ればいいみたい。

最後の一枚は鳥の絵が描かれている。これは倒すのではなく数を数えるようだ。

何のための依頼かは分かりかねたが、主人が用意した依頼だ。奴隷である私はそれを完遂するのみ。失敗したらどうなるかはあまり考えたくない。

大きく深呼吸し、気を取り直して剣を抜いた。さほど力を入れず鞘から剣身が現れる。

相変わらず不思議な感覚だった。本来なら私では持ち上げる事すら出来ない剣が、体の一部であるかのように自然に扱える。

重みがない訳ではないが、本来の重量を考えれば不釣り合いだ。

主人が私の為に用意した武器。早速見かけた黒い蛇に振り下ろす。

蛇は簡単に胴体と頭が二つに分かれた。胴体がまだ動くが気持ち悪かったので放置する。

リュックには袋が何枚か入っていたので、そのうちの一枚に蛇の頭を突っ込んだ。

周りを見ると黒い蛇がいる。動きも蛇にしては鈍い。剣を振り下ろして退治する。
魔物を殺す度に強くなる。そう冒険者組合で教わった。
だが、実際のところ全然感じない。低級の魔物ではあまり意味が無いのだろうか？
何時まで経っても効果がないのなら、主人は私に失望するかもしれない。
そうなったらどうなるのだろう……。
蛇を見かける度に振り下ろす。しばらく繰り返したが、蛇の数が多すぎる。
少し高い丘があったので、そこから草原を見下ろすことが出来た。
……黒い蛇が至る所にいる。ふと見ると私の足元には鳥らしき骨があった。
得体のしれない薄ら寒い感触が背筋を通った。
薬草もいくつか見える。それを採って一度帰ろう。
景色は奇麗だが、食事をする気分にはなれなかった。

店を閉め、従業員を帰らせた後。一番楽しい時間である金勘定をしていた時だった。
不機嫌な衛兵が店に来たので何事かと話を聞くと、いいから来いと連れ出された。
不愉快だったが、状況が分かるまでは様子を見る。
連れてこられた先は門の外で、門番は困った顔をしている。
その原因は一目でわかった。俺が連れてこられた原因もだ。

門の外には血塗れの袋と、全身に血を浴びたうちの奴隷が居た。

アズは完全にべそをかいており、鼻をすんといわせている。

一体何があったんだ。門番たちに何かされた訳ではなさそうだが。

衛兵は苦虫を噛み潰したような顔で俺に向き直る。

「この子よぉ、途中で袋をぶちまけちまったみたいなんだわ。中身が蛇の頭だもんでびっくりしたが、まぁ冒険者だっていうんならそういう事もあるだろうさ。だけどどこの格好では入れないんだ。分かるだろう。アンタのとこの奴隷ってんならなんとかしてくれよ」

俺の反論を聞く気はないのか、とにかく早口で捲し立てられる。

とはいえ状況は分かった。アズはちゃんと仕事をしてきたが、ドジを踏んだらしい。

年頃の少女だ。血塗れになったら泣きたくもなる。

何とかすることを衛兵と門番に伝え、一杯やってくれと袖の下を渡した。

直接俺を連れてきたのはそれが手っ取り早いからだろうが、変なトラブルに発展せずに済む。ここでの話で終わりだ。

衛兵は厄介事が終わったと分かるや否やあっという間に上機嫌に変わり、さっさと城壁の中に入っていった。あれは多分そのまま酒場に行くだろうな。

門番二人はアズにやや同情的だったが、彼らも仕事でここにいる。

せめて血は落としてくれと言われた。とりあえずアズを離れた小川に連れて行く。

空は朱く染まり始めた。うかうかしていると夜になってしまう。

完全にぐずっているアズの頭から水をぶっかけ、正気に戻した。

「……水、冷たいです」

「とりあえず顔と身体を洗え。この川は都市の中には流れてないから苦情も来ない」

「分かりました」

俺は急いで店兼自宅へと戻り、アズの部屋から着替えやタオルをかき集める。

これも主人の仕事だ……いやそうなのか？　とはいえこのままではアズが帰れない。

再び小川に戻ると、アズの顔や髪から血が落ちていた。

水に濡れたアズはやはり可愛い。買ってよかったと思う。

しかし見惚れている時間はない。夜になったら俺も入れなくなってしまう。そうなったら明日店を開ける時間が遅れて大損害だ。

アズの服は中まで血がしみ込んでいる。鎧はすぐに奇麗になった。

俺以外は誰も見ていないことを確認し、アズを着替えさせる。

血は下着にもべったりと付いている。替えの下着を持ってきたのは正解だった。

アズは下着まで着替えると分かると抗議の視線を送ってきたが、奴隷の躊躇に構っている暇はない。さっさと脱がせた。アズは茹でたように真っ赤になる。

俺はタオルを川に浸して、かるく絞ってアズの体をふいた。
血塗れだったが幸いにも全部蛇の血だった。傷一つない。
華奢な体だ。冒険者に向いてるかと聞かれれば誰もが向いていないというだろう。
少しばかり趣味に走りすぎたかもしれない。
だが、俺も道楽だけで始めたわけじゃない。命の次に大事な金をつぎ込んでいる。
明確に結果が出るまでは頑張ってもらう。
そもそも初めから結果が出せるような奴隷なんて高すぎて買えないのだ。
血をふき取り、水気もふき取って下着を着せる。
アズは観念したのか素直に従った。
持ってきた服は青のワンピースで、先ほどの冒険者姿よりよほど似合っている。
汚れた服は一纏めにし、鎧や手甲はアズに持たせた。
蛇の頭の詰まった袋は放っておく。蛇の魔物は生命力が強いのだから腐らないだろう。
明日改めてアズに持っていかせればいい。経過報告もさせないといけないし。
それ以降は少し休ませるか。長持ちさせる為に大事にしてやらないと。
アズの目元は少し腫れていたが、大分平静が戻ってきたようだ。
そこでようやく色んな事に気付いたようだ。
「あの……ご主人様。ごめんなさい」

「わざわざ俺が門に連れてこられたことか？」

「はい。他にも色々。拭いてもらったり、迷惑かけちゃって」

「昨日も言ったがお前は俺のものだ。道具の手入れは持ち主の仕事だろ。お前はきちんと仕事をして帰ってきたわけだしな」

そう言ってまだ乾いていない髪を新しいタオルで拭ってやる。

髪が長いと全然乾かないな……。まあ良いだろう。奇麗になった。

移動するために立ち上がったら、アズが胸に飛び込んできた。

意外と力が強いな。もしかして魔物を狩った成果がもう出てるのか？

アズは顔の胸元に顔を押し付けて暫くじっとしていた。そして離れた。

「――もう大丈夫です」

「そうか」

目に少し生気が戻った。これならまた頑張って稼いでくれるだろう。

空はまだ暗くなっていない。

門に行き、血塗れの袋を少し離れた場所で放置することを門番に伝える。

明日には何とかしてくれと言われたが、とりあえず今日はこのままで良いと言質を取る。

アズをつれて店に戻り、風呂を沸かす。火の魔道石が輝き、すぐに用意できた。

川で汚れを落としたから体も冷え切っているだろう。

アズを風呂に放り込んで、その間に軽食を用意する。俺も夕食はまだ食べてないからな。

芋と玉ねぎをザックリと切って鍋で煮る。

塩漬け肉で作ったウィンナーとハーブ、小麦粉を水で溶いたものを加える。

塩を入れて完成だ。塩漬け肉のウィンナーからいい出汁が出る。

風呂から上がったホカホカのアズにたらふく食べさせ、部屋に帰らせた。

……さて、仕事を終わらせよう。金儲けに楽な道はない。

次の日。起きてきたアズに早速蛇の頭の処理を命令した。

依頼書と共に冒険者組合に持っていけばいいだけだ。

部屋に入ってきた瞬間に告げたものだから、アズはショックで固まってしまった。

だがはちみつを塗ったパンを口に押し込むと、それを食べながらようやく動き出す。

蛇の頭を入れた袋よりも一回り大きい袋を用意し、それを縛る縄も一緒に準備している。

覇気のない様子でアズは部屋から出て行った。健闘を祈る。

道具屋の仕事が一段落し、太陽が昇り切った頃にアズが帰ってきた。

つたないアズの話を要約すると、依頼は昨日の分だけで完遂できたとの事だった。

蛇の魔物を食べていた鳥の魔物の数が減ってしまい、蛇の魔物が大繁殖していたらしい。

大量に持ってきた蛇の頭も草原から全部持って帰れた訳ではないという。

勿体ない。付いていけば……割に合わないか。

依頼料と、毒消しの材料になる蛇の頭の買取で銀貨四十枚の報酬になったとのことだった。

自分のやったことが結果になったのがうれしいのか、行きがけの暗い顔は随分明るくなっていた。少しは成長しているじゃないか。まだまだだが。

こんな小銭徴収しても仕方ない……。

「おいアズ。出かけるぞ」

「はい。行ってらっしゃいませ？」

「お前も来るんだよ。何のために声をかけたと思ってるんだ」

「ひゃい」

少し語気を強めるとアズが慌てて立ち上がる。

服装は……まぁ良いだろう。外に出しても恥ずかしくない。

鎧と剣はまだ似合わないな。店の事は従業員に任せて、アズを引き連れて都市の中を進む。

行先は商店が集まっている区画だ。

……一等地というほどじゃないが土地代が高いからうちは此処に店を移せないん

だよな。ここに店を出せたら儲かるだろうなぁ。

親父の代からのお得意様がそこそこいるから商いになっているが、頭打ちを感じる。

店を引き継いでからは色々と試してはいるんだが……頼りにしているぞ、アズ。

そう思ってアズの方を向くと目が合う。

アズは何と言えばいいのか分からなかったのか、愛想笑いを浮かべた。

ため息をついてアズの頭をガシガシと撫でる。

アズは困惑しながら受け入れた。今はこれでいい。俺もこいつも、これからだ。

目的地は古着を扱う商店だ。ここは女性向けの品が多い。

「よし、アズ」

「は、はい！」

俺は店の中の古着を指さして
「必要な服やら欲しい服を物色してこい。お前が持てる分までだ」

「私のですか？」

「この店で俺が買うものがあると思うか？」

アズは俺の顔と店に奇麗に並べられた女性服を見比べる。

また緩い顔で愛想笑いを浮かべた。

こいつ、都合が悪くなるとこうやって逃げてきたな。

「普段着や鎧の下に着る服がもっと要るだろう。俺が用意した服は数が多くないからな」

「ご主人様……どれでも良いんですか？」

「そうだ。俺は別の店を回って戻ってくるからその間に選んでいろ」

「やった！　分かりました」

アズは張り切って店の中へ突撃していった。あまり高い服はない。あくまで古着だ。

俺は顔見知りの店主に一声かけた後、別の店に移動する。移動先は奴隷商店だ。

中に入ると店主が作り笑いで俺を出迎えた。

恰幅(かっぷく)の良い、いかにも金持ちといった風体だ。（実際俺より遥かに稼ぎが良い！）

国の認可を受けており、労働力として国が奴隷をまとまった数で買っていくのだ。

商品を右から左へ流すだけで莫大(ばくだい)な富を稼げる。その分認可は難しい。

奴隷狩りから買うと認可を取り消された上で打ち首だ。国との太いパイプも必要になる。

見た目以上にやり手のおっさんだ。

「ようこそいらっしゃいました。お買い上げの奴隷は満足いただけましたか？」

「ひとまずよくやっているよ」

「それは良かった。本日の御用件は新しい奴隷のお買い上げでしょうか？」

「アズと組ませる奴隷が必要でちょっと事前調査にな。今日奴隷を買う気はない」

「なるほどなるほど。希望を伺いましょう」

「男は要らない。主導権を男の奴隷が握ったら問題が起きるのは目に見えてる」

俺の言葉に奴隷商人は頷く。

「魔法使いか、そうでなくとも今度は技能持ちが良い。秀でた能力である必要はない」

「ふむぅ。女の奴隷なら売るほどございますが、今は少しご期待に沿えないですなあ。ご期待に沿える商品が入ってきたら使いをやりましょう」

「頼む」

奴隷商店から出て、アズを置いてきた店に行く。すると服を抱えてふらついていた。

周りの客から微笑ましく見られていた。がめつい奴め。その分働いてもらうぞ。

アズが稼いだ銀貨四十枚は瞬時に消えて行ったたし、足が出た。

選んだ服は割かしセンスが良い。ドレスのような服を一番大事そうに抱えているから、そういった服が好きなのかもしれない。

アズに全部荷物を持たせて帰路についた。新しい奴隷は読み書きできる奴にしないとな。

新しい奴隷にアズの教育をさせれば俺が教育しなくていい。素晴らしい考えだ。

それから体を休める意味でも丸一日さらに休みにしてやった。

それもあってか随分顔色が良くなった。これならまだまだ扱き使える。

「それじゃあ今日のお前の仕事だが」

俺はそう言ってアズの顔を見る。

「お前の働きで草原の様子が分かり、蛇の大規模な駆除が行われる。駆け出しの冒険者を大量に動員してやるみたいだな。肉体労働と大差ない賃金だが、まあ人は集まるだろう」

こいつレベルの冒険者なんて、食い詰めた連中ばっかりだ。飯と少しの賃金で食いつく。

「こんな安い仕事にお前を行かせる意味はない。魔物を狩るにしても効率が悪い」

安全で効率の悪い狩りなんて御免だ。それしかないならまだしも。

「冒険者組合に追加の仕事が出たから、お前にはそっちに行ってもらう。仕事の内容は鳥の魔物が激減した理由の調査だ」

「あの、ご主人様……どうやってそんなことを調べればいいんですか」

俺は改めて依頼書を見る。要約するとなんか良い感じに調べてくれという内容だ。

報酬は銀貨十五枚。安くなった蛇退治よりはマシだが……。

蛇が増えたのは蛇を食べる鳥の魔物が減ったから。だが草原には鳥の魔物の天敵は居ない。

鳥の魔物が異常繁殖しなかったのは、蛇が卵やまだ小さい鳥の魔物を食べるからだ。

草原はそうやってサイクルが回っていたし、結果いい薬草の産地にもなっていた。うちも薬草関連の商品を扱っているので、他人事じゃない。

「本来はそれもお前の仕事だが、お前は子供だから分からないのも仕方ない」

俺は地図を取り出して、座っているアズに視線の高さを合わせるために屈んだ。

アズはそういう俺に少し怯む。周辺の地図をアズに見えるように指さす。

「草原の奥に行くと崖がある。崖を越えた先は魔物の強さが変わるから、普段ここに人が寄り付くことは無い」

一応そこでは鉄鉱石や燃える石が採れるのだが、もっと安全で質の良い鉱石が採れる場所があるため開発もされていない。

「何処かから鳥の魔物の捕食者が来るならここしかない。崖の一部は緩い坂になっていて降りれるようになっている」

アズは地図をずっと見ていたが、恐る恐る崖を指さす。

「ここは危険な魔物が出るんですよね？」

「蛇よりもずっと強いのが出るようだな」

「私が一人で行くんです……よね？」

「複数人ではあまりに報酬が安いし、奴隷と組むやつは居ない」

「……分かり、ましたぁ」

返事が聞こえる。愚図らなかったし、躾は勘弁してやろう。

「それと、これも渡しておく」

そう言って俺はつるはしと分厚い手袋をアズに渡した。

「あの……」

「そこに出た魔物が余裕そうなら燃える石も掘ってこい。分かるか？」

「燃える石のことは知ってます。村長の家で見ました。あれを燃やすと暖かいですよね」

色々使い道はあるが、一番の使い道はやはり暖房だろう。

今の季節は快適な気候だが暫くすれば寒波が来る。

その時期の燃える石は良く売れるのだが、仕入れ値も高くなる。

こいつが燃える石を掘ってこれるなら、拳一つ分でも銀貨二十枚にはなる。

質のいいモノなら鍛冶屋にさらに高く売れる。

「掘ってこい。どうしても無理なら許すが、一つくらいは持って帰る努力をしろ。

「危なすぎると思います……いざとなったら逃げても良いですよね」

良いな」

「命までは掛けなくても良い。さぁいって稼いで来い」

アズは立ち上がってつるはしを腰のベルトにぶら下げ、手袋をリュックに詰める。

つるはしはアズにも持てるように小さいやつを持たせた。

うん。問題なさそうだな。だいぶ様になってきた。アズに小遣いを持たせて送り出した。


送り出された私は、塩気の強い干し肉を齧りながら目的地を目指す。

前回は情けない事になったので、今回は問題なく終えたいと思う。

燃える石……かつて暮らしていた家では一度も使われたことはなかった。

寒くなったらボロボロの毛布一枚を纏って、体を縮めて震えていた。

ご主人様は、私の為に燃える石を燃やしてくれるだろうか？

私が使い物にならなくなるのは困るので、寒さに震える事はないと思う。

もしくは、寒いからと言って私をベッドに呼ぶかもしれない。

それでもいい。一緒に眠れば、一人よりずっと暖かい。

話に聞いていた通り、いかにも駆け出しといった感じの冒険者たちが草原に向かっている。流石に私よりも幼い冒険者は居なかった。集団で移動している。

あれはパーティーを組んでいるのだろうか。

羨ましい……とは感じない。彼らの多くは私でもわかるほどのお粗末な装備だった。

彼らの着ている装備は防具と呼べるか怪しい。

少し分厚い程度の布の服を着たものが多く、武器は精々ナイフ。

杖を持った人もいるのだが、魔導士なのだろうか？

未熟な魔導士は少し魔法を使っただけで戦えなくなってしまうという。

私には主人から与えられたこの剣と防具がある。

身の丈に合わない事をさせられるけど、無謀なことはあの人はさせないと思う。

お金が大好きというのは十分すぎるほど分かった。服を買ってくれたのも私のやる気を出すためだ。実際嬉しかったし。

私はまだそんな呑気なことを考えていた。

冒険者は命の危険があるという事を、私はこの時完全に失念していた。

草原を抜け、少し先に言われた通り崖があった。

冒険者たちは集まって蛇と戦っている。此方に来る様子はない。

ああ、私もあれが良かったとため息をついた。

崖の深さは……高い。落ちたら助かるような高さではない。

向こう側までは随分離れていて、こちら側とは様子が違う。

崖に沿って端へと向かう。つるはしが少しばかり重い。

岸壁を眺めると所々黒い石が露出しているのが見えた。確か、あれが燃える石だ。

間違っていてもあれを持ち帰るしかない。黒い石という事しか私には分からない。

更に歩く。崖の近くだからなのか、襲ってくる魔物は見当たらなかった。

見晴らしが良いので警戒しやすい。草原はだいぶ遠くなって、人影も見えない。
風が強くなってきてスカートがなびく。崖の端に到着すると、坂のような道がある。
大人が通るのは難しいが、私なら通れるような道幅だった。
下をのぞき込む。暗くてここからでは底の様子は分からない。
落ちる恐怖で足がすくむが、残念ながら引き返すという選択肢はなかった。
道に段差はないので、小さい歩幅で崖を降りていくことにした。
左手で岸壁を触りながら進んでいく。魔物の気配はない。
そもそも何かが通った痕跡がなかったのだが、ここに何かあるのだろうか。
だが一度も調べずに主人の指示を無視するわけにもいかない。
下へ進むほど太陽からの光が届かなくなり、肌寒くなる。
リュックから外套を取り出して纏う。とりあえずこれで凌げそうだ。
やがて崖の底へ到着した。暗い……私の目では周囲しか見渡せない。
リュックには松明も入っていた。火打石で火をつける。
火打石の扱いには慣れていた。かつては煮炊きも仕事だったからだ。
松明で照らされた崖の底には何もない。だが不気味に見える。不吉さを感じていた。
暫く崖の底を歩いて探索してみたのだが、拳大のサソリが出ただけだった。

思いっきり剣で殴りつけると見事につぶれた。

持ち帰ったら冒険者組合に売れるだろうか？　いや、あの主人ならその分のスペースに燃える石を入れろと言うだろう。

うん。ここには何もない。燃える石を何度も見かけたのでこれを掘って持って帰ろう。

松明が倒れないように岩に立てかけ、燃える石が集まっている場所に荷物を下ろす。

分厚い手袋をはめて、つるはしを握りしめる。重いが、持ち上げられないほどじゃない。

黒い石へ向けてつるはしを振り下ろしてみた。鈍い音と共に強い反動が手に返ってくる。

危うくつるはしを落としそうになるが、なんとか堪えた。

足元に削れた燃える石が転がる。握れるほどのサイズだ。それを袋に入れる。

何度かつるはしを振るうたびに休憩を挟みながら採掘を続ける。

目の前の壁にある燃える石の最後の欠片が壁から剝がれる。

それと同時に尻餅をついて遂につるはしを落とした。

両手が完全に痺れている。その甲斐あってリュック一杯に燃える石が採れた。

これなら主人も怒ったりはしないだろう。私が持ち帰れるのはこれが限界だ。

分厚い手袋を苦労して脱ぎ、水筒の水を勢いよく飲んだ。全身汗だくだ。外套も脱いだ。

先ほどのサソリがまた出ないとも限らないので横になる訳にはいかないが、壁に背を預けてしばらく休憩する事にした。

ようやく腕の痺れがマシになり、一度帰る事を決める。

リュックに詰めた石がすべて燃える石であることを祈りながら立ち上がると、燃える石を掘って削れた壁に突然穴が開いた。

急いで松明を掴んで壁を凝視する。

松明を穴の中に突っ込んでみると、中は空洞になっていた。

人が歩けるほどの広さで、空洞は奥に続いている。

空洞から風が通り抜けていくが、そこから僅かに血の匂いがする。

風が通っているという事は空気がある。

松明を空気の通らない狭い場所で使うと、空気の毒で死んでしまうと聞いたことがある。

私は考えた。すでに採掘でかなり疲れている。帰った方が安全だ。

だが、この穴の先がもしかしたら依頼の解決に繋がるかもしれない。

この穴の事を報告すれば誰かがこの穴に入るだろう。

……手柄は多い方が良い。もう愛想をつかされたくない。

役に立たない人間の末路をよく知っている。
少し危なくなったら帰ろう。そう決断して、空洞に侵入した。
重いので一度燃える石を取り出しておく。後で回収しよう。
空洞の中は少し湿（しめ）っていて居心地が悪い。
一本道だ。ふと、何か硬い物を踏んだ感触を感じた。
松明で照らしてみると、骨があった。思わず唾液を飲み込む。
少し気分が悪くなり、壁に手をつくと何かが手を這った。
急いで振り払い、落ちた先を松明で照らす。
細長い体に節毎に足が生えた何かが見えた。あれは……百足虫（むかで）だ。
確かにこういう場所に居てもおかしくない。
百足虫は苦手だ。見た目も怖いし、咬（か）まれて手が腫（は）れた事もある。
気持ちが大きく萎（な）えてしまう。骨もなぜこんな所に在るのか分からない。
ソロで行動するしかない私にはこれ以上は荷が重い。
そう判断して、戻るために振り向いた瞬間――大きく揺れた。
とても立っていられずに膝をつく。それが合図だったかのように、足元が抜けた。
「えっ？」
間抜けな声が口から出る。
左手に松明を持っていた為、右手で何かにつかまろうとしたが、痺れがまだ残っていたせいで握力が足りず掴み損ねた。
急速に落下していく。呆気なく死ぬのかなと思った。
しかし柔らかいものにぶつかり、それが衝撃を和らげた。
それは潰れて生臭い液体が飛び散る。幸い松明は燃えたままだ。怪我もなく安堵した。
自分が潰したものは何かと確認すると、胎児ほどの大きさがある卵が沢山あった。
これが積み重なっていて、運よくこの上に落ちたのだろう。
黄色い、やや透けた卵だ。こんな卵は見たことがない。そもそも大きすぎる。
卵を見て呆けていると、何かが這いずる音が聞こえてきた。
こっちに近づいてくる。……大きい。
周りを見渡すが、水晶が松明の明かりを僅かに反射するだけで暗くて何も分からない。
このままここに居るとまずいと立ち上がり、音とは反対の方へ駆け出した。
真っ暗な空洞の中をひたすら走る。
崖の下にこんな空間があったとは……だがそんな事に感心している場合ではなかった。
頼りになるのは松明の明かりだけだ。
どこかに上にあがる道があれば良いのだが、そんな淡い期待は叶わない。

松明が照らしたのは行く手を遮る行き止まりの壁だった。
周りを見ても、道などない。焦りだけが積み重なる。
そうしているうちに、這いずるような音が近づいて来た。
違う。これは這いずる音ではなく、這いずるように歩く音だ。
沢山の足で歩き、胴体が地面を這う。音のする方へと振り返り、松明を高く掲げた。
やがて松明の明かりが音の正体を朧気ながら暴き出す。
「ひっ」
それを見た瞬間、引きつった声を出した。
それは巨大な百足虫だった。
全長は松明の明かりでは照らしきれないほど長い。
節毎に対に生えた無数の足が生理的恐怖を引きずり出す。
気を失わなかったのは、気を失えば間違いなく死ぬという予測によるものだった。
ただそれは、気を失わなければ死なないという事を意味しない。
巨大な百足虫は顎の牙を威嚇するためにぶつけて、その度に硬い衝突音が空洞に響く。
まだ痺れが残る右手にあらん限りの力を込め、主人から貰った剣を握りしめる。
この剣ならもしかしたら、怪物に何かしらダメージを与えられるかもしれない。

そうすればこっちを獲物とは見ないかも。
乱れていた呼吸は落ち着いてきたが、心臓が早鐘を打つのは一向に収まらない。
冷汗が止まらない。全身から血の気が引いている。
思わず一歩だけ後ろに下がると、音に反応して巨大な百足虫がこっちに顔を向けた。
いや、正確には燃えている松明を見ている。
真っ暗な空洞の中で明かりを灯す松明は、百足虫の注意を引くには十分すぎた。
ひと際大きな威嚇音と共に、巨大な百足虫は私におどりかかった。
巨大な体を節毎にくねらせ、見た目よりも遥かに俊敏に動く。
予想よりも動きが速く、何とか横に避けたものの胸当てに牙に触れる。
それだけで胸当てがひしゃげて壊れ、体から落ちる。
守りの魔法が込められていると主人が言っていた筈だ。それがこんなに簡単に
……！
胸当てが無ければ、体はひしゃげていただろう。
幸い衝撃が伝わることはなかった。
そして目の前には無防備にさらされた百足虫の横っ腹がある。
蠢く足をはねのけて、松明を一度手放し両手で剣を握る。
大丈夫。痺れは残っているけど軽量化されたこの剣なら全力で振れる。

初めて全力で、本気で剣を相手に振り下ろした。

生存本能が恐怖を上回り、限界以上の力が込められた一撃は……。

百足虫の外皮にとって取るに足らない一撃だった。

硬さだけで剣が簡単に弾かれ、その衝撃は両腕に返ってくる。

「つうぅ！」

剣は幸い欠けなかったが、両手に力が入らない。

剣を握れず手からすべり落ちる。

拾おうとするが、それよりも百足虫がこっちへ向き直る方が早かった。

何とか松明を無理やり脇に抱え、急いで距離を取る。

百足虫は剣の方を眺めると、口に咥えてその牙でへし折ってしまった。

そしてゆっくりとこっちを見る。次はお前だとでもいうかのように。

私の身を守っていた剣と鎧がなくなる。心が限界を迎えた。

「やだ……やだやだやだ」

必死に巨大な百足虫から逃げた。

足がもつれて何度も転び、傷だらけだ。服はあっという間にボロボロになった。

もはやぼろ布を身に纏っているようなものだ。

パニックになって逃げている間、百足虫の顎にかみ殺されなかったのは運の良さの賜物だった。だがすぐに限界が訪れる。

逃げている最中、アズにとってはまるで一晩ずっとのように感じられた。

足がついに限界に達し、倒れこむ。

なんとか松明を杖にして起き上がろうとするが、足にまるで力が入らなかった。

痺れた腕では松明を支えることもできず、松明が手からすり抜けて倒れこんだ。

燃える松明の先端が、壁の中にある窪みを照らす。

窪(くぼ)みは長さがあるが幅は狭い。リュックを脱いで、私は這って窪みへと逃げる。

思惑通り、巨大な百足虫の頭は窪みより大きく入ってこれない。

何度か頭を窪みにぶつけてその度に大きく揺れて恐怖するが、細かな石が窪みの天井から落ちる程度で済んだ。

ようやく助かった。そう思った瞬間、何かが服を掴み、窪みから引きずり出された。

右手から落ちていく松明の明かりが、一瞬だけ相手を照らした。

その瞬間に見たのは、細く長い百足虫の足だった。

器用に足を窪みに入れて、服に引っ掛けたのだ。

ボロボロだった服は破け、ほぼ下着姿になった。下半身が濡れてしまっている。

だがその感触すら認識できない。

暗闇では見えないが、今目の前には百足虫の頭があるのが気配で分かる。

そして、口を大きく開けていることも。

身に着けているものはもはや下着と魔導石のネックレスだけ。

走馬灯を見る直前、アズは主人の言葉を思い出す。

「割れて！」

最後の力を振り絞り魔導石を握りしめた。魔導石のネックレスは私の願い通りに砕ける。

中から、小石ほどの朱い球体が出現する。朱い球体は凄まじい明るさで空洞を照らした。

暗闇に包まれていた空洞の全てがあらわになる。

百足虫はほんの僅かに朱い球体を見つめると、私を放り捨てて全速力で逃げ出した。

地面に叩きつけられ、痛みと衝撃で動けない。

その瞬間、朱い球体から膨大な魔方陣が出現し、そして閉じる。

球体の表面にヒビが入り、圧縮された熱が溢れ出す。

私の周囲に魔法の防壁が出現し、それ以外の全てを火が埋め尽くした。

百足虫も逃げ切れず、火に飲まれた。

空洞を埋め尽くした火は勢いが止まることなく、天井を吹き飛ばした。

あまりにも圧倒的な火力だった。

火は僅かの時間で地下から地表へと火柱を上げて、地形を完全に変えきったのちに消え去った。

空洞だった場所には日が差している。冷たく暗かった場所は溶岩のように全てが溶けきっており、私の周辺だけが火の影響を逃れていた。

ただ呆然とその光景を眺めていた。

ようやく正気を取り戻したのは、風によって溶けた石が固まる頃だった。

そこで自分の状況をようやく把握できた。

涙と鼻水でぐちゃぐちゃになった顔に、切り傷だらけの身体。

下半身は濡れて冷え切ってしまっている。

まともに呼吸ができるようになり、混乱していた思考も落ち着きを取り戻していく。

生きている。そう、生きている。

頭から食い殺そうとした、巨大な百足虫は跡形もなく消え去り。

満身創痍ではあるが私は無事に生き残っていた。自分で自分を抱きしめる。

涙が再び流れた。先ほどは冷え切った涙だったが、今は火傷しそうなほどに熱い。

生きている事への安堵が溢れた。

足元に落ちた壊れているネックレスを拾う。

ハッキリ言えば、死ぬと思った瞬間主人を恨む気持ちもあった。

だがこのネックレスは想像をはるかに超えたものだった。

金貨三枚と言っていたが、そんなものではない筈だ。
多分、本来はアズよりもよほど価値があるだろう。
それを護身の為に持たせてくれた主人に、今は感謝している。
そして、今この瞬間大切にされているという実感を覚える。
それから私は自分の体を確認し、ため息をつく。酷いありさまだ。
汚れた下着を脱ぎ捨てる。
破けかけたリュックを見つけ、タオルを取り出す。
水筒の水を含ませて、まず顔を拭き、次に汚れた体を拭いた。
何度か絞っては濡らしてを繰り返し、ようやく奇麗になった。
主人は几帳面なのか、着替えもリュックに入れてあった。
上下の下着を着て、ハーフズボンとシャツを着る。
汚れたタオルやダメになった下着、服は持って帰らずに捨てていく。
リュックを背負いなおし、そこまでやってようやく人心地ついた。
周囲も粗熱が取れて歩けそうだ。
靴もダメになっていた。登れそうな場所はないか探していると、近くに何かが落ちる。
それは百足虫の頭だった。身構えるが、百足虫は既に死んでいる。
ゆっくりと塵になって崩れていき、消えてしまった。

次の瞬間、私の中に巨大な力が流れ込むのを感じた。

魔導石を使って百足虫を倒したから、百足虫の力の一部が引き継がれたのだ。

百足虫の頭があった場所には、一振りの剣が落ちていた。

強力な魔物を倒すと武具が手に入ることがあると組合で教えてもらったが、こういう事なのだろうか。

持っていた武器も防具も壊れて喪失してしまった。アズは落ちている剣を拾う。

重さは感じたものの、なんとか持てた。両手で剣を振る。使えない事もない。

剣の良し悪しは分からないが、きっといいモノだろう。

主人に持っていけば喜んでもらえるだろうか。そうだ、燃える石も回収しなければ。

新しいタオルを使って即席の鞘をつくり、紐で背中に固定する。

熱による融解でデコボコになった壁をゆっくりよじ登る。

握り続けると少し熱い。ゆっくりと登って無事に地上に出ることが出来た。

外はもう夕方だった。火によってできた大穴を振り返る。

これは多分大事になってしまうだろう。

しかし止むを得なかった。主人から渡された魔導石のネックレスを使わなければ、今頃はあの恐ろしい化け物の腹の中に納まっていた。

主人に素直に話すしかないだろう。少しでも機嫌を良くするために、おいていった燃える石を回収して都市へと戻る。

都市への門は夜になって閉ざされていたので、外壁を背にして座り込み、体を休める。

懐かしい。失敗を理由に家を叩き出されて、外で夜を明かした日を思い出した。丸くなると少しだけ寒さが和らぐのだ。

周りには何人か同じようにしている冒険者らしき人が見えた。

こっちを見て近づく者もいたが、背中の剣を握ってみせると退散していった。

……世の中は残酷だ。主人に買われる前なら、確実に乱暴されていただろう。

しかし今は違う。自分の身を守るという選択が出来る。

奴隷という身分の方が、よほど幸せだった。


朝、というには些か早すぎる時間にアズは帰宅した。

裏から入るように指示していたので、帰ってきたことが直ぐに分かる。

二回のノック後に、アズが俺の部屋に帰ってきた。

「ご主人様。ただいま戻りました……」

出発した時とは随分と様変わりしている。

軽装とはいえ装備していた鎧は丸々なくなっており、買い与えた剣は見当たらず、代わりに別の剣を携えている。

新品のリュックは、残念ながらゴミ一歩手前の有様だ。

アズ本人はどうやら大怪我はしていないようだった。

しかし二の腕や太ももに多数の傷がある。奇麗な髪も傷んでしまっている。

話を聞く前に俺は救急箱を取り出してふたを開ける。

「アズ、とりあえず服を脱げ。先に治療する」

「えぅ……はい」

消毒の為に傷口をアルコールを染み込ませた清潔な布で奇麗にする。

その度にアズが飛び上がりそうになるがしっかり押さえ込む。

薬草から抽出した薬液を染み込ませた包帯で傷を奇麗に覆う。

こうしておけばすぐ治るし、傷跡も残らない。

ポーションをぶっかけても良いし、癒しの秘術があればそれでも良いのだが、無事に帰ってきたし今はこれでいいだろう。

治療を終えて、アズを座らせる。傷口が開かないように楽な姿勢にさせた。

「とりあえず何がどうなったんだ。説明しろ」

アズはしどろもどろになりながら説明する。

説明は長く分かりにくかったが、なんとか要約する。

いささか欲張ったようだ。巨大な百足虫……夢に出てきそう。

良く生きてたな。俺はアズを引き寄せて、抱きしめてやる。

アズはしばらくじっとしていたが、俺の背中に手をまわしてゆっくり泣き始めた。

少し悪い気がする。泣き終わったアズは、リュックから壊れた魔導石を差し出す。

「ごめんなさい。使ってしまいました。本当に凄かったです。これ、本当に金貨三枚だったんですか？」

俺はアズから魔導石の欠片を受け取る。

輝きは鈍ってしまい、もはやただの石だ。俺は感慨深く石を眺める。

「ああ、これは金貨三枚で手に入れたものだよ。もう手に入らないけどな」

俺は石を仕舞う。役目は終わった。俺が死蔵するよりは、アズの命を助けたほうがよほど有意義だろう。なぁ、母さん。

「カスガル・ノアロードって知ってるか？」

アズは首を振る。

知らないのも無理はない。彼はとうに現役を退いている。

「帝国で一番強い魔導士だった。彼がこの都市に滞在した時に、母が頼み込んだらしい。お守りとして強い魔法を魔導石に込めてくれってな」

それからずっと俺に持たせてくれていた。

一度鑑定してもらったら、金貨百枚分の価値はあると言われたな。

「そんな大切なものを私に持たせてくれたんですか」

アズは俺が買った奴隷だ。そして俺はアズに金を稼げるように成長してもらいたい。

出来ることはやる。俺がアズを支えてやる。俺はこの事業に賭けている。

「俺の代わりにお前に危険を押し付けてるからな。ところでその剣はどうした」

「えと、やっつけたら手に入りました。ちょっと重かったですけど、持って帰ればご主人様が喜ぶかなって」

アズの頭を撫でてやる。そして剣を受け取る……重い。明らかに重いぞ。

ちょっとなんてモノではない。既にアズは俺より力があるようだ。

即席の鞘を剥ぎ取り、剣を見る。

見事なものだ。良し悪しがハッキリわかる訳ではないが、道具屋として刃物なんかはずっと見てきている。俺がアズの為に用意した剣よりもずっと良い物なのは間違いない。

売れば金貨八十枚にはなるだろうか。鑑定してちゃんとした鞘を用意しないとな。

「後、これを持って帰ってきました」

リュックに詰め込まれていたのは黒くざらついた石だ。

燃える石を持って帰ってこいと言ったから、それっぽいのを持って帰ってきたのだろう。

死にかけた後だというのに、感心する。

剣も持って帰ってきたし、アズはきちんと仕事が出来るやつだ。

いくつか鉄鉱石が混じっていたものの、大半が燃える石だ。

きちんと精製すれば丸々儲けになる。これなら銀貨三百枚くらいにはなる。

やはり依頼だけこなしていてはダメだ。

「あの、ご主人様」

「なんだ」

俺はアズの話を半分聞きながら燃える石を叩いたりして質を確かめている。

質が良ければ鍛冶屋(かじや)に更に高く売れるのだ。

「この石、お金になるんですよね？　なんで皆採りに行かないんですか？」

「ああ、それはな。どうすれば金になるか知らないからだよ。知ろうともしないからだ」

この世の中には知っているだけで価値がある情報がごまんとある。

そしてそれ等は殆(ほとん)どが身内だけで共有される。

知るものは更に富め、知らないものは更に貧しくなる。

たとえ極貧でも、薬草が分かるだけで食えるやつと食えないやつが生まれる訳だ。

燃える石が寒い時期に高価になること自体は殆どの人間が知っている。

だからといって採りに行って、それをそのまま売っても安く買い叩かれてしまうのだ。

質が悪い。形が悪い。すでに在庫がある。文句など幾らでも言える。

そして学がなければ交渉できず、さっさと安値で売ってしまう。思ったより稼げないと感じて、そうなれば当然手を引く。だが、俺は道具屋だ。アズが燃える石を採ってきたら、見た目だけ整えて店に出せる。仕入れ値はタダだ。

この一連の動きの規模を大きくすれば、燃える石の鉱山主になる。信じられないくらい儲かる。参入も尋常ではなく金がかかるようだが……。

アズに説明しても、分かったような分からないような顔をされた。

察しは良いのだが、無教養のままではやはり困るな。

今は休ませることにしよう。組合への報告は後でいい。

しかしアズのやつ、ラフな格好もけっこう似合うな。

部屋に戻って寝ろと指示すると、アズはそそくさと頭を下げて部屋に引っ込んでいった。

それから丸一日アズは寝ていた。

冒険者組合には上手く言っておいたので、依頼は取り消しになりペナルティはない。

流石に向こうも地形を変えるほどの魔法をアズがやったとは思わなかったらしい。

アズから受け取った剣は知り合いの鍛冶屋に預けてある。

鞘を注文したついでに鑑定もしてもらうためだ。

さすがに武器もなしで魔物狩りや迷宮へ送り出すのも危険がすぎる。

防具はうちで扱っているのを使えばいい。アズを連れて在庫を保管している倉庫に入る。

いくつかアズに合わせてみたが、一番しっくりくるやつを選んだ。

「大事にしますね」

料金はもちろん俺の財布からだ。帳簿が合わなくなるからな。

一番高い胸当てだが、長く売れ残っていたからこれできっといい。

「重くないか？」

「はい。前のよりずっと軽いです」

鋼の防具だから以前のものよりも重いはずなのだが。

アズは実際重量を感じていないようだ。動きも身軽だ。

試しにアズに手を握らせて、ゆっくり力を込めさせる。

最初は問題なかったが、段々と拮抗できなくなる。

完全に握り負ける前に止めさせた。アズは不思議そうにしている。

冒険者は成長するとは聞いていたが、短期間でここまで変わるものか。

大物を倒したからだな。さて、これからどうするか。まだ剣も戻ってこないだろうし。

アズに再びつるはしを持たせる。これなら武器にもなるし、鉱石も掘れる。

振り回すのに問題はなさそうだ。

一番良いのはまた燃える石を掘らせることだが、あの辺りはしばらく立ち入り禁止区域になってしまった。事が事だけにやむを得ないだろう。

経験を積ませる為に低級の迷宮に放り込んでみるか。安全を考えて生還率の高い場所へ。

そう思って行かせてみたらあっさりと日帰りで帰ってきた。

ボス以外はつるはしを振り回していたら倒せたらしい。

ボスは大きな牛の魔物で、つるはしを角で吹き飛ばされて少し危なかったようだ。

峠ぎ取り用のナイフで目を突き刺して、そのまま奥に突っ込んだら倒せました！

と笑顔で報告してくるアズが少しばかり怖い。やる気が溢れている。

「少し楽しいです。ご主人様の役にも立てるし、自分の力で何かを成し遂げたことなんて今までなかったです」

そういうアズの頭を撫でてやる。それが嬉しいようだ。

手に入ったアイテムは低級の迷宮らしい物ばかりだ。

一番良い物はボスを倒した時に手に入った小石ほどの金。小さくても金は金だ。

帰還の祝いに大盛のパスタを用意してやると、無我夢中でアズは食べた。

数日後、鞘が完成したと連絡を受けてアズを連れて鍛冶屋に出向く。

店先ではなく裏の作業場だ。そこには燃える石が放り込まれて真っ赤に燃える炉がある。

作業場に入ると、熱された空気が全身を包む。一年中ここは変わらない。

アズは代謝がいいのか顔まで赤くなる。鍛冶屋の主人は丁度作業を終えたところだった。

弟子達が慌ただしく準備をしている。

ここの鍛冶屋は腕が良い。たしか領主の兵士の武器も発注されていると聞いた。

「来たか、道具屋の息子」

父親と友人だったため、未だにこう呼ばれる。一人前扱いはいつのことやら。

「良い剣を持ってきたな。久しぶりにいい気持ちで仕事できたぞ」

そう言って鍛冶屋の主人は、壁に立てかけた鞘に入った剣を持ってくる。

「鞘だけって話だったが、鑑定ついでに打ち直しておいた。魔物が落とす武器は少しばかり年季が入っちまってる。覚えとけ」

アズに剣を受け取らせて、諸々の料金を払う。

金貨を払っているのを見て、アズが面食らっていた。

その様子を見て鍛冶屋の主人は鼻を鳴らす。

「妙な事をしているな、道具屋の息子。ごちゃついたことを言う気はないが、一度引き取ったなら責任もって世話をしろよ。いい剣が手に入ったらまたもってこい」

「分かってますよ。アズ、剣を抜いて確認してみろ」

「はい」

アズは剣を鞘から抜く。最初に比べて随分と様になっていた。

少しばかりアズにはまだ重いようだが、きちんと構えをとる。

剣の構え方は講習で習ったらしい。

「運が良いぞお嬢ちゃん。その剣はただの剣じゃない。宝剣の一種だ」

宝剣。何かしらの力が宿った剣の事だ。

魔剣や聖剣にこそ及ばないものの、冒険者がこぞって追い求める武器。

出物が少ないので買うならでかいオークションなんかに参加する必要がある。

「封剣（ふうけん）グルンガウス。かつて恐れられ、そして討伐された魔物の角と白銀を合わせて鍛えられた剣だ。長らく行方不明だったらしいが、こんな所から出てくるとはな」

百足虫（むかで）の頭から出てきたらしいのだが、原理が良く分からないな。

鍛冶屋の主人に聞いたら、力のある武器は魔物にとってもいい媒体になるのだそうだ。

「効果は分かりやすいぞ。何かを切った時に持ち主の魔力を上乗せする。それだけだ」

「ご主人様……私には魔力はないのですが」

「分かってる。とりあえず鞘も作ったし持っておこう。魔物を倒せば魔力だって増える」

「分かりました……グルンちゃんも大事にします」

名前をつけていたが、大事にするなら良い。

アズの準備は整ったことだし、少しばかりまた冒険してもらうとしようか。

鞘代も稼いでもらわないといけないし。店に戻って手に持った依頼書を眺める。

大量の羊の魔物討伐依頼。その臨時募集だ。

アズをパーティーに参加させるつもりはないが、大規模な臨時募集なら話は別だ。

最悪他に全部任せてしまえばいい。実入りはないが。

羊毛と羊の肉はこれからの寒い時期に役に立つ。

出来れば数を狩ってきてくれたら、うちの店も繁盛するのだが。

冬の寒波を前に、この都市の近くを大勢のウォーターシープが通り抜ける。なるべく多くのウォーターシープを狩ることで、冬に備えて大量の毛皮と肉を確保する。

それがこの臨時募集の羊狩りの簡単な概要だ。

有名な毎年恒例の行事となっているらしく、わざわざこの依頼の為に訪れる冒険者もいるのだそうで、集合場所には大勢の冒険者が集っていた。

活動歴の短い私はこれほど多くの冒険者が集まっているのを初めて見た。

物珍しそうにしていると、歴戦の冒険者らしき男がフッと笑う。

「きょろきょろしてるなお嬢ちゃん。この依頼は初めてかい」

「そうです。沢山集まってるんですね」

「そりゃそうさ。上級ならいざ知らず、そこそこの冒険者なら割が良い依頼なんだ」

「ちょっとでも倒せたらと思ったんですが、競争になっちゃいますね」

アズの言葉に男はまたもフッと笑う。

「ああ、それは安心していいぜ。確かに人数が集まっているが良くて中級の集まりだ」

男は視線を移動し、アズにも見るように促した。

地平線の向こうから土煙（つちけむり）が上がる。大地を青い毛皮が埋め尽くしていた。

「ちょうど最初の群れが到着した。あれを狩りつくすなんて、土台無理な話さ。怪我するなよお嬢ちゃん」

そういって男はパーティーを率いて行ってしまった。どうやら始まったらしい。

慣れているらしき人物たちが我先にと突撃していくのを見て、アズは剣を抜く。

先頭の冒険者たちが羊の群れを横から攻撃し斬りつけようとしたところ、羊たちは大きく鳴きながら頭上に水球を生み出して、それを冒険者に向かって打ち込んできた。

手慣れた冒険者たちはそれをいなして羊たちを攻撃し、仕留めていく。

だがそれを知らなかった冒険者に水球に直撃し吹き飛ばされる。

主人に聞いた通りだ。羊の魔法を回避し、剣による攻撃を命中させた。

水の魔法を使う羊の魔物。ウォーターシープ。見た目以上に凶暴で、食欲が旺盛。

都市のそばを群れで通るのも、そこまでの道の草を食べつくしたからだ。

力が強くなったとはいえ、毛皮の上から切っても倒しきれない。

追撃で一刺しすることで止めを刺した。

倒した羊は役人が居る場所まで運ばねばならない。

ソロなので、戦線から離脱して運ぶしかなかった。

主人がその現場を見れば、何てもったいないと頭を抱えただろう。

少し苦労しながら羊を運び、役人に指定された場所に持っていく。

急いで戦線に戻ると、第一波が通り過ぎて第二波が向かってきていた。

倒れこむ冒険者もちらほらいる。

水球の威力は意外と強いらしく、当たると骨折することもあるようだ。

群れの前に出て行った冒険者は見事に羊たちに轢かれてボロ布みたいになっている。

第一波は後ろから見てもそれほど減っていなかった。なるほど、これだけ集まっても確かに狩り切れるような感じではない。

アズは何度も突撃し、結果六匹の羊を倒すことに成功した。

中級冒険者が引き上げるのを見て頃合いと判断しアズも戦線から離脱する。

六匹目の羊を引きずりながら指定された場所に向かうと、アズが集めた羊に数人の冒険者が近づいていた。

役人は何も言わない。

「離れて。それは私のです」

子供の使いで来ている訳ではない。

結果が全てに直結しているので、少しでも多く持って帰らなければならない。

「おいおいガキ。本当にこれだけ倒したのかぁ？　誰かのを横取りしたんだろ」

一番柄が悪い男が突っかかってくる。役人を見るが我関せずだ。頼りにならない。

「私が倒して運んだ。もう一度言うね。私が倒した獲物であなた達の獲物じゃない」

舌打ちの音が聞こえた。

こっちを完全に舐め切っているようだ。アズも苛立ちを感じ始めた。

そもそも数人で来ていながらまともに狩りもできなかったような、冒険者というよりただの荒くれ者達だ。そんな連中が成果だけ横取りしようとしている。

一番嫌いな人達だった。剣に手をかける。

相手はそれを見て脅しでは引かないと判断して、武器を構えた。

冒険者同士の争いは基本的にご法度ではあるが、珍しくもない。

やらなきゃやられる。アズは弱者の結末をよく理解していた。だから譲らない。

剣を抜こうとすると、相手の冒険者の後ろから一人の男が彼らを殴り飛ばしてしまった。

突然の事態に唖然としていると、同じく不意を突かれて事態が呑み込めない荒くれ者達があっという間にノされていく。

殴られた場所を押さえながら抗議しようとした男たちを、殴り飛ばした男は一睨みで退散させる。まさに格が違う。

出てきた男はわざとらしく手をはたく。

誰かと思えば、アズに声をかけてくれた歴戦の冒険者らしき人物だった。

「しょうもない連中だ。お嬢ちゃんが剣を抜いたら返り討ちになっちまうのも分からねぇ。なぁお嬢ちゃん！」

「ありがとうございます。お陰で助かりました」

「いいんだよ。ああいう連中はたまにいるんだ。見かけたから手を貸しに来ただけさ」

男は役人を睨む。役人は急いで顔を背けた。

「流血沙汰ってなると色々面倒くさいぜ。気をつけな」

「はい。次は私も殴り飛ばします！」

「そりゃあいい！大物になるぜお嬢ちゃん。じゃあな」

「待ってください。何かお礼を……あ、これで一杯やってください」

銀貨を一枚男に渡す。何かあった時の為に主人からお金を入れてもらっている。

男は断ろうとしたが、私がずっと見つめていると受け取った。

そのまま銀貨を持った手をひらひらさせて立ち去って行った。

大きく頭を下げる。

主人が夕方前に荷車で羊を受け取りに来るから、それまで自分の獲物である羊たちを見張ることにした。役人は当てにならないし。というかさっさと帰ってしまった。

これでは居なくなった間に持っていかれてしまう、自己責任とはいえひどい話だ。

羊たちの群れはまだ大移動を続けている。

最終的に大規模なパーティーだけが残って、ひたすら狩りを続けていた。

あれは確かに儲かるだろうなと思った。

アズは予想よりも多く、六頭の羊を狩って俺を待っていた。

だが少しトラブルがあったようだ。

この都市の役人はやる気がない。領主が病床に伏してからはあまりいい話を聞かない。

しかし獲物の横取りか。アズが一人なのが狙われた原因と見ていいだろう。

こういったことは体験しなければ分からないものだと実感する。

羊を肉屋に持ち込み、肉と毛皮に解体する。毛皮は加工品に。肉は持ち帰れるようにいくつか取り分け、他はそのまま肉屋に卸(おろ)す。

この毛皮は良い寝具になる。

全部で金貨二枚といったところか。

アズの実力はもはやビギナーとはいえない。

試しに等級を上げた依頼をアズにこなさせてみる。

討伐系は問題ない。応用力が求められる依頼は今一つだが経験を積めば解決するだろう。

俺はアズを長めの依頼に派遣する。

やや遠い砂地で魔物の比率が偏っているので、その是正の為に特定の魔物を狩る依頼だ。

蛇の時ほど極端ではないし、それほど危険はないだろうと判断した。

危険ならさっさと逃げろとも厳命した。

そしてアズが居ない間に、俺は再び奴隷商人のもとを訪れていた。

使いが先日訪れたので、現物を見に来たのだ。

奴隷商人は以前と変わらず、作った笑顔を顔に貼り付けている。

商人に連れられて入った部屋には、女が一人椅子に括り付けられていた。

紐で強く縛られており、胸の部分が強調されている。

だがそんな扇情的な姿よりも気になったことがある。

「修道服……？　シスターの奴隷？」

「そう。珍しいでしょう？」

「珍しいってアンタ、聖職者の奴隷は禁じられているんじゃ」

俺がそう言うと、奴隷商人が少しだけ笑う。

俺の前で初めて本当に笑ったなこの奴隷商人。

「それは太陽神教の話ですなぁ。太陽神及びそれに連なる神に仕える者の奴隷を禁ずる。太陽神教の提言で大陸法の一つになり、聖職者は奴隷になることはまずない。もしあり得るとしても、太陽神教からの追放や破門をしてからとなる」

奴隷を買うと決めた際に調べた時に知った内容だ。

確かに神に仕える聖職者を奴隷として売買するのはまずいだろうなと思う。

「しかしこのシスターは聖職者として奴隷になっております。癒しの奇跡は勿論、祝福に加速の加護も使えます」

この奴隷商人は国からの認可を得た合法な店だ。

つまりここにいるシスターは合法的な奴隷となる。

「創世王教はご存じですか？」

「いや、知らないな」

俺がそう言うと、縛られていたシスターは俺を見る。アズとは違う紫色の目。

その目は強い意志を感じさせる目だ。

「古い宗教だそうです。私も詳しくはないのですが、昔は栄えたようですね。今はわずかな信徒のみだそうです。それに太陽神教に睨まれているとか」

だから太陽神教の聖職者が保護される一方で、創世王教の聖職者は奴隷として売買しても問題はない、とのことだった。これは弾圧だろう。

なるほど、宗教間の揉め事の結果らしい。

とはいえ創世王教自体がもはや廃れたと言ってもいいほど衰退しているため、その聖職者自体がいないのでほぼ意味がない話だったが、偶然ここに流れ着いた、という事か。

「だが、なぜ俺に話を持って来たんだ？　言っては何だが買い手はいくらでもいそうだが」

「ええ、耳の早い貴族様などからすでに連絡があります。ですが、既に売れたとお伝えしております。貴方にお売りしたい」

「なぜ？」

「女の奴隷など、殆どが性的消費なのはご存じでしょう。私も奇麗事は申しません。正しい手順とはいえ、たくさん売ってきました。別に間違ったこととは思っておりませんよ」

少しばかり奴隷商人は顎を手でこする。

「私は太陽神教の信徒で寄付もしております。困った時の神頼みではないですが、福を落としたくはないですからね」

商売人は多くが運を大事にする。俺もそういった考えは理解している。

「正直シスターを、そういった目的で売るのはどうにもね。ただ貴方が買わないなら次の候補に売ります。どのような扱われ方をしても。ですが貴方が一番マシでしょう」

確かに俺は女を抱くために奴隷を買いには来ていない。

買った奴隷を抱いても娼館の分だけ金の節約にはなるが儲かる訳じゃない。

俺はシスターを見つめる。

長く手入れの行き届いた金髪。整った容姿。意志の強い紫色の目。

身体のラインが美しい。縄で縛られてそれが余計に強調されている。

首には太陽神教とは別物の女神を象った十字架のついたロザリオがかけられている。

「それは分かりましたが、彼女はなぜ縛られているんですか？」

奴隷商人は二度目の本当の笑顔をする。

「そういうの、お好きでしょう？」

俺はその言葉に答えず、大金を払ってシスターの奴隷を購入した。

金貨百四十枚。高い買い物だ。費用対効果がきちんとあると良いのだが。

彼女の名前はエルザというらしい。

俺はエルザの身の回りの物を買い足して自宅兼店に戻った。

店は従業員に任せる。

従業員はまた変な事をしているなこの人、という視線を向けてきたが無視した。

とりあえず俺の部屋に入れた。俺は椅子に座り、エルザはカーペットを敷いた床に座らせる。

文句一つも言わずに従った。

聖職者だからなのか、アズよりも随分と姿勢が奇麗だ。

修道服の女性が居るというのは何とも不思議な感覚がする。

さて、少しばかり人となりを知るとするか。

何から聞こうかな。エルザと俺はしばらく向かい合ったままだった。

アズは分かりやすい少女で、素直にいう事を聞いて今も元気に依頼をこなしている。

だがこの女はそうではない。アズよりも年上だし色々とこの女を理解しておかねば。

このシスター崩れとアズを組ませて、飛躍させていかなければならない。

こいつらは商品だ。投資した以上の金を回収しなければならない。

その為には育てる必要がある。

俺がそんなことを考えていると、エルザが口を開いた。

「私で良かったんですか？」

「何がだ」

「いえ、買ってもらったのは感謝してますよ。お兄さん良い人そうだし、私も変態の相手をするのは御免ですし」

「じゃあ良かったじゃないか」

俺の言葉に対してエルザは自分の髪を撫でる。

「奴隷を買って冒険者にしてお金を稼がせる。悪いこと考えますね」

「これから働かされるお前が言うと説得力があるな」

「ですねぇ。娼館よりはマシですが」

「アズ……先に買った奴隷に一人でやらせているが、ソロってのは色々と都合が悪いみたいでな。お前は聖職者としての力はあるようだし、役に立つだろう」

「やれと言われたらやりますよ。もちろん」

モチベーションは低いが、仕事はしますといった雰囲気だ。

ま、奴隷としてはアズよりよほどらしいというものだ。

「ところで、なぜおまえは奴隷になったんだ？ そもそも聖職者自体、奴隷になるような事はそうないと思うが」

「私がしなくても、そうするように仕向けられたらどうしようもないですよ。身寄りのない子供達か自分を売らなきゃいけなくなった時、私は自分を売っただけです」

良い人間ほど他人を見捨てられない。見捨てられないから自分を切り崩すしかない。

「創世王教ってのは慈悲深いんだなぁ。それでこうしている訳だ」

「……私は後悔してませんよ。既に世の中から廃れたとはいえ、創世王の教えを守ることが私の生き方です」

「その辺はどうでも良い。お前が信仰を維持して聖職者としての力があるなら」

エルザは口を閉じた。だが目に宿る感情は死んではいない。

この女は本当に後悔していないのだろう。

もっとも、実際に女として売られれば話は別だろうな。

アズはこのまま順調にいけば役に立つから、手元に置いておくのは確定している。

しかしエルザはそうじゃない。容姿は整っているし、体つきも良い。

役に立たないなら、女として売れる場所に回すだけだ。

聖職者なら教養もそれなりにあるだろうし、それなりに期待している。

「とりあえずアズが戻るまでお前がやる事は一つだ」

「何ですか？　夜の相手でもしろ？」

「そんな金にならないことをして何になる。お前は商品で俺は商人だ」

下手に肌を合わせて情が移っても困る。この女は女の色気が修道服からでも感じられるほどいい女だ。情婦が欲しくて金貨百四十枚は割に合わない。

俺は空のガラス製の瓶をエルザの前に放り投げた。

「聖職者なんだろう。聖水を作れ」

聖水は水場で神への祈りを捧げることで生まれる水だ。

効果は魔除けと呪いの解除。弱い魔物は聖水を嫌がるという。

それに加えて、武器に聖水を振りかければその武器は一時的に聖なる祝福を得る。

アンデッドや幽霊の魔物相手には必須だ。

アズが冒険者として成長していけばそういう魔物とも戦うことになる。

ああいう連中は戦士一人じゃ苦戦するし、毒をもらうこともあるらしい。

だが聖職者が一人いるだけで普通の魔物よりよほど御しやすいという。

それに聖水は冒険者だけではなく、行商人や、遠出する人が利用する。

道具屋としても需要がそれなりに見込まれる。

今までは太陽神教から買い取りという形で手に入れていたのだが、これからはエルザが作ってくれる。必需品の割に儲けがなかった聖水がきちんと儲かるようになる。

「……ご主人様、悪い顔してるね。これはあんまり運が良くなかったかな」

「風呂場があるからそこでとりあえず百本作れ。その後は湯を沸かして入って良いから。その後作った聖水を持ってこい」

「ひゃく……加減してほしいなぁ。分かったから睨まないで。ちゃんとやるから」

見た目は品があるのだがどこか生意気なんだよなこのシスター。

だが嫌味がないからか悪い気はしない。人に愛されるタイプだろうな。

多分アズと上手くやれるだろう。

「お風呂入れるのは嬉しいかな。着替えとかちゃんと用意してくれたし、やっぱり良いご主人様かも」

俺は風呂場への間取りを教えてさっさとエルザを追い出した。

追加のガラス瓶を倉庫から出してこなければ。

聖水が瓶代だけで手に入るならいい商売になるだろう。

ガラス瓶を大量発注すれば原価は更に安くなるかもしれない。

太陽神教は文句を言ってくるだろうか。……いや、奴らは俺の顔なんて覚えてないだろう。

あいつ等が喜ぶのは献金だけだ。エルザが風呂上がりに俺の部屋に来たのは二時間後だった。

風呂好きらしく、大変だったろう聖水づくりの後でも機嫌がいい。

髪にも艶が出ている。目の保養にはもってこいだった。

つけていたロザリオを見せてもらう。

太陽神教は中心に太陽が描かれているが、創世王教は女性のレリーフが施されていた。

この女性が創世王とやらなのだろうか。

一度調べてみても良いかもしれないな。不思議とこのロザリオを持っていると落ち着く。

エルザを空き部屋に送り、俺は部屋に戻った。

そういえばアズは今どうしてるだろうな。

アズが帰ってきたのは、それから三日後の事だった。

帰ってきたアズを風呂に入らせ、いつも通り床に座らせる。

奇麗になり、芯まで温まったアズが湯気を立てている。

冒険者組合に提出するための報告書をアズから聞き取りながら作成する。

大所帯のパーティーがやらかして魔物を呼び寄せて、大惨事だったようだ。

予定より遅れたが、なんとか場を収めることは出来たのでアズにお咎めはないだろう。あったら抗議してやる。

緩やかだが順調に成果は溜まってきているのだ。ケチはつけさせない。

複数のパーティーが臨時合流し、途中からは思う存分暴れられたそうだ。

鉄砲玉みたいなやつだなこいつ。

俺に報告しながらも、アズは何度も横を覗き見ている。そこに居るのは新たに購入した奴隷のエルザだ。まあ気になるのは分かる。

それでも自分から聞いてこないあたり、アズは好奇心より保身が強い。

報告書をまとめ、脇に書類を移動する。

「お疲れさん。今回は依頼の報酬だけだが、まぁぼちぼちといったところだな」

「はい。本当はお金になる素材も幾つか拾えたんですが、騒動の時に落としてしまって。ごめんなさい」

アズが頭を下げる。

「まぁ良いさ。繋ぎの仕事だ。さて、アズも気になっているようだから紹介しておこう。これからお前と一緒に冒険者として頑張ってくれるエルザだ。見ての通り聖職者だからお前の負担も減るぞ」

エルザはアズに頭を下げる。

アズは自分よりも年上らしきエルザに少し縮こまっている。

第二章　創世王教の司祭

……。

笑顔でエルザは答える。相変わらずエルザからは奴隷としての態度を感じないな

「ええ、宜しくねアズちゃん」

「よろしくお願いします」

「せっかく聖職者がパーティーに参加したんだ。それを活かした仕事をしようと思ってな。これだ」

だが自己主張の弱いアズと組むには良いかもしれない。行き過ぎたら躾をする。

俺は一枚の依頼書を取り出す。灰王の古城、その地下墓所。

ルインドヘイム・カタコンベの定期的な間引きだ。

冒険者をやっている聖職者には割と人気があるらしい。

エルザの顔色が変わる。流石に聖職者だから知っているようだな。

何時もより少しだけ硬い声色で口を開いた。

「あの、ご主人様。本気ですか」

「俺は本気だ。あくまで定期的な間引きで、十分な戦力で行う」

「あの場所は……いえ、放っておいてもアンデッド達が溢れてしまうか」

エルザが思案する。

「そんなに危ない場所なんですか？」

「場合によっては、だ。お前たち二人だけで行けば、間違いなく死ぬような場所だ」

「えぅ……行きたくないです」

アズの頭を撫でまわす。

「わっ、ご主人様、なんですか？」

「前も言っただろう。お前らは俺のものだから無駄遣いはしない。トラブルが起きたならともかく、最初から分かっている危険な依頼には送らない」

俺は依頼書の地図をアズに見せる。

「いいか、この場所はかつて権勢を誇った灰王という王の治める場所だったんだ。すでにかなり時間が経っていて、迷宮化してしまった城と地下墓所以外は風化してしまったがな」

「そうなんですね」

「そうなんだよ。灰王は怪物と化して古城を徘徊している。今まで何度も討伐隊が組まれたり、上級パーティーが挑んだが全て返り討ちだ。被害が大きすぎて討伐はもう諦められてる。古城には手つかずのお宝が山ほどあるって話だな」

アズは泣きそうな顔になっている。

「危険じゃないですか」

「だから古城には行くなよ。死ぬから。今回の目的地は近くにあるカタコンベ。要は墓地だ」

「墓地……長い間人の手が入らない墓地は、死体が魔物になるって聞いたことあります」

「そう。そしてここのカタコンベは広いうえに多くの死体が埋葬されていた。死体自体はもう存在しないが、その怨念(おんねん)は残っている。それを材料にしてアンデッドが自然に湧(わ)くのさ」

「そして湧きすぎて溢れたアンデッド達は人の居る場所に向かいます」

エルザがようやく考えるのをやめて、俺たちの会話に参加する。

「あそこのアンデッドが溢れたら、ああ……確かにここに大勢来ますね」

観念したようだな。嫌だと言っても行けというしかないが。

依頼のキャンセルは金もとられるし経歴も残る。

「古城に行けと言われたら、鞭で打たれても断りましたが分かりました。でも私はともかく、こんな小さい子もカタコンベに送るんですか？　いくらなんでも」

エルザはアズを守るように俺を見るが、異議を唱えたのはアズだ。

「エ、エルザさん！」

「なにかしら」

「私も仕事が出来ます。役立たずじゃないです」

「そういう意味ではないんだけど……そうね。私も貴女も使われないと意味がないか」

エルザはアズを抱きしめる。そして俺に向き直った。

「ご主人様。私は創世王に誓ってこの子をカタコンベから生きて帰します。何かあったら逃げて良いんですよね」

「ああ、良いぞ。ただし、命の危険か依頼を蹴るだけの理由があれば、だ」

「それで十分です。あとちゃんとこの依頼は儲かるんですか？」

「勿論だ。依頼そのものはそれなりだが、お前が作った聖水をこの依頼を理由に組合に全て売りつけたからな。お前らが行くのは実はついでみたいなもんなんだ」

　エルザが少しばかり眉を顰める。

　俺はそれを鼻で笑った。何かを言いたそうだったが、エルザはそれを飲み込んだようだ。

　なんだかんだ立場は良く分かっている。

「苦労が報われて何よりです。依頼書によると二日後に出発みたいですが、今のうちに依頼に必要なものを集めたいのですけど」

「流石に死霊系の依頼に必要な物資は俺には分からないからな。お前をあてにしていた」

　エルザは俺に抗議する代わりにアズを抱きしめた。

　アズは困惑してしまっている。

　死霊系の魔物は死体や霊の魔物だから倒しても何も手に入らない。

　だが、力を得るには向いている。

なぜなら生物ではないがゆえに、湧きやすいからだ。アズのさらなる強化と、エルザが使えるかどうかのテストには丁度いいだろう。


都市から馬車で揺られること二日。森を抜けた先に城が鎮座(ちんざ)していた。

複数の馬車から続々と冒険者たちが降りる。

アンデッドが主な敵というのもあって聖職者の冒険者が良く目立つ。

アズは思わず城を見上げる。初めて見る巨大な建築物は、禍々(まがまが)しい気配を漂わせていた。

濃厚な死の気配とでもいうべきか、決して踏み込むべきではないという本能が働く。

城をずっと見上げていたアズの背中をエルザが左手で軽く叩く。

「大丈夫。あそこには入らないから、ね」

「は、はい。なんて言えばいいのか、とても怖いです」

「その感覚は大事にしようね。死ぬ時は一瞬だから」

冗談とも本気とも分からないエルザの笑みに、乾いた笑いしかできなかった。

自然とベテラン聖職者が中心となったパーティーが陣頭指揮を執る。

城から少し離れた場所に、カタコンベの入口がある。

年季の入った門だ。植物の蔓(つる)が侵食していて覆いかぶさっているが、しかし一切崩れる気配はない。

パーティー毎に中へと入っていく。中は傾斜がついており、地下へと続く。

中の通路は思ったより明るい。壁掛けの蝋燭が規則正しく並べられて火を灯している。

……蝋燭は燃えているようだが、一切蝋が垂れていない。ただの蝋燭ではないのだろう。

アズが周囲を物珍しそうに見ていると、不意に壁から白い手が突き出された。

余りの驚きに声すら上げられず硬直したアズを尻目に、エルザは聖水を白い手にぶちまける。

白い手は淡い光と共に消えていった。

「ほら、アズちゃん大丈夫だよー。手はいなくなったよ」

「ひゃい」

アズはようやく動き出すものの手と足が同時に出る。

周りの冒険者はそんなアズを見て笑っている。

それがさらに羞恥心を煽り、アズはまともに前が向けない。

エルザが他の冒険者たちを一瞥すると、笑い声は止まった。

……当然ながら、エルザ以外の聖職者は太陽神かそれに連なる神に仕える者ばかりだ。

エルザはトラブル防止の為創世王教のロザリオを仕舞っている。

「前を見ないと危ないよ。ここはもう迷宮の中だからね」

エルザの言葉に慌てて前を向き、大きく息を吸って吐いた。

「今のは何だったんですか？」

「ゴーストのなりそこないだね。人間に触れる事すら出来ないから危なくないよ。びっくりするだけ」

「あ、そうなんですね。良かったたぁ」

アズはホッとする。

そんな様子を見てエルザがアズの頭をなでる。素直な子だ。不憫な程に。

本来ならば間違ってもカタコンベにアンデッド退治に来るような子ではない。

エルザは創世王にアズの無事を祈る。

長い通路を抜けると、信じられないほど広い空間に出た。恐らく都市一つが入るほどの広さ。

ここがルインドヘイム・カタコンベ。

かつて灰王が治めていた国の国民達が眠る場所であり、アンデッド達が絶えず湧き出す迷宮と言われている場所である。

当時の建築様式で規則正しく作られた内部は圧巻の景色ではあったが、そこかしこにアンデッドが渦巻いている。

最初の段階では全員纏まって戦うことに決まり、戦士たちが祝福と浄化の加護を受けながら前に出る。

「アズちゃん。アンデッドに噛まれたり爪に引っかかれたら、毒が回るからすぐ戻ってきてね」

「はい！」

アズもエルザから祝福を受けて前に出た。想像以上に軽い体に驚く。

祝福の効果で全ての能力値が上昇している。

それなりに重さを感じていた封剣グルンガウスも、今なら問題ない。

近くにいたスケルトンやゾンビを両断する。

剣に祝福と浄化の力が加わり、簡単に倒せた。

体系化された剣術を学んだわけではないため、どう身体が動けば効率的かを実戦で試しながら構築している。

最初は素人剣術で見るからに危なっかしい動きだったアズの動きは、それなりに洗練されてきていた。

そもそも剣術は対人を想定しているため、様々な動きや形態をするモンスターには不向きな部分がある。

アズの剣術は独学ながら魔物相手に適したものになっていく。

スケルトンは動きこそ軽快だが音が常に鳴って分かりやすく、ゾンビは動きが遅い。

巨大なゾンビは無理に相手にせず、アズは思う存分に動き回った。

息が切れ始めるとエルザの近くに行く。

エルザはエルザでメイスを振り回してゾンビの頭を潰し、スケルトンを砕く。

聖職者はその特性故にアンデッドに対して圧倒的に強い。

アズから見てエルザは他の聖職者達よりも強く見える。

随分と戦い慣れている様子だった。

周りに散らばったスケルトンの骨など見ると、アズと同じぐらいは既に倒している。

エルザに祝福のを掛けなおしてもらい、再びアンデッド達を倒す。

繰り返すうちにアズの力が僅(わず)かずつ増すのを自覚した。

倒す数が他の魔物に比べてずっと多いせいだろう。

聖職者がここに集まるのも理解できる。

たまにアンデッドの塊に突っ込む戦士が居て怪我をするが、聖職者がこれだけいれば問題にはならない。

得られるものはほぼないのだけが難点か。依頼による一体あたりの単価も安い。

冒険者の証は正確に数を測定してくれるのだが、これだけ倒しても大した稼ぎにはならないだろう。

やがてアンデッド達の数が目に見えて減り始めたので、より効率よく倒すためにパーティー毎に散開して倒す事にした。

どの辺を回ろうかと考えていると、エルザがアズの手を握り迷いなく歩いていく。

「エルザさん？　どこに行くんです？」

「いいからいいから。付いてきて」

奥へ奥へと進む。

出てくるアンデッドはほとんど変化がない。

エルザのメイスとアズの封剣グルンガウスが撃破数を稼いでいく。

しばらく歩くと周りに冒険者が居なくなり、カタコンベの端にたどり着く。

そこだけ壁に装飾があり、三つの壁の穴のうち二つに青い火が灯っていた。

エルザは聖水を地面に撒いて青い石の触媒を使い簡易的な結界を張る。

アンデッド達はその結界を嫌がり離れていった。

アズを手招きして、結界の中へ招く。

「アズちゃん。この場所が何の場所か、ちゃんと教えてあげるね」

「墓地じゃないんですか？」

「墓地なのは合ってる。でもね、違うの」

エルザは壁に描かれた模様に手を添える。

壁には戦士たちを率いる剣を持った王と、禍々しい装備を持った怪物が戦っている絵が描かれていた。

「ここは灰王と共に戦った戦士たちの墓所。ここに湧き出てるアンデッドは、その戦士たちじゃないの。たった一体のアンデッドの邪気(じゃき)から生まれているだけ」

「エルザさん？」

「灰王はこのアンデッドが居る限り古城から動かないの。抑えとしてずっと居たのよ」

アズにはエルザが何を言っているのか分からない。

このカタコンベよりも、エルザの方が不気味に見えた。

「そのアンデッドはね。アンデッド化する前は……」

三つ目の穴に最後の青い火が灯る。

「太陽神の使徒だったの」

ルインドヘイム・カタコンベが揺れる。

カタコンベ全体を揺るがす振動は数秒ほど続き、突然止まった。

頭を抱えて座り込んでいたアズは立ち上がってほこりを落とす。

「今のは何だったんでしょう。それにさっきの話って」

エルザの方へと振り返ったアズだったが、エルザは壁の装飾を眺めていたままだった。

「びっくりしたね。アズちゃん」

そう言って笑うエルザには先ほどの不気味さはない。

だが、あれほど揺れた後だというのにそれを意に介した様子はなかった。

アズはそんなエルザから更に言葉を聞く勇気はない。

笛の音が遠くから響く。笛が鳴ったら集まるように事前に話していた。

青い火は先ほどと変わらずゆらゆらと揺れている。

アンデッド達は微動だにしない。此方を見る事すらしない。

アズはエルザと共にカタコンベの笛の音がする方へと移動した。

先ほどの揺れが気になった者たちばかりなのか、すぐにみんな集まってきた。

欠員はいないようだ。

陣頭指揮を執っていた聖職者が大きく手を叩いて鳴らす。皆の視線が彼に集まった。

「聞いてくれ。先ほど突然の地震があったのは皆分かっているな。ここは地下に作られたカタコンベだ。地震の影響で何が起きるか分からない。幸い先ほど出入り口を確認したところ瓦礫（がれき）などは落ちてなかった。ここで切り上げようと思う」

そう言って彼は参加者を見渡す。

反対意見はない。誰も生き埋めになってアンデッド達の仲間入りはしたくない。

アズもエルザの様子が変わった辺りから、早くここを出たい気持ちで一杯だった。

「ねぇアズちゃん」

「な、なんですか？」

「アズちゃんがリーダーで私が補佐、だよね」

「ご主人様はそうしろって言ってましたけど」

「私も異論はないよ。アズちゃんの方が先輩だからね。でもこの場所でだけは私の指示を聞いてくれるって約束してくれる？」

エルザの口元の笑みが消えていることにアズは気づいた。

エルザに両腕を掴まれる。強い力だ。……震えていた。

「分かりました。エルザさんは司祭様、ですもんね」

「うん。約束ね。アズちゃん、今からこのカタコンベは地獄になるわ」

「地獄、ですか？」

「そう。出口は……ほら見て」

何人かが外に出ようと通路に入ろうとして弾かれる。まるで見えない壁に当たったように。

「もう外には出れない。私達はもう贄として認識されてる」

「にえって、誰にですか？」

「さっき言ったよね。アンデッドになった太陽神の使徒がいる。そいつは起きたばかりで空腹で仕方ないはず。アンデッドだから余計にね」

「分からないです。だって太陽神……様は神様なんですよね？ここにいる聖職者の人たちは太陽神教の人ばかりです。その使徒様が何でアンデッドになって私達を食べるんですか」

エルザはしきりにある方角を気にしている。あの方角は確か……城があった方角だ。

「アンデッドは生前の習慣をなぞる習性があるの。ゾンビが噛みつくのは食事がしたいから。太陽神の使徒が人間の魂を吸いたいのも、そう。太陽神は決して人間の味方じゃない」

エルザが何を言っているのかアズには分からない。

「この辺りの話は良いわ。大事なのは、今からこのカタコンベに太陽神の使徒が蘇って、それを察知した——」

巨大な音でエルザの声がかき消された。

エルザが何かを言い終わる前に、カタコンベの天井が割れる。

完成された建築物だったルインドヘイム・カタコンベは一瞬で瓦礫の山と化した。

「……灰王がくる」

そこへ降りてきたのは、高さ三メートルはあろうかという偉丈夫だった。

貌以外の全身を灰色の鎧で包み、一振りの剣を持って着地する。

貌は黒い瘴気で見えない。近くの冒険者が悲鳴を上げた。

「灰王だ！　灰王が来たぞ！」

かつて王として君臨した怪物。灰王と呼ばれし災厄だった。
灰王は冒険者たちに一瞥もくれず、剣を構えた。
右手に持った剣を高く掲げ、切っ先を前に向けて左手を剣先に添える。
アズはその構えをただじっと見ていた。
エルザがそんなアズを引っ張り、瓦礫の後ろへ避難する。
そして再び結界を張った。他の冒険者たちも急いでそれに倣う。
「アズちゃん。灰王に近寄っちゃダメだよ。死ぬからね」
アンデッド達が灰王の前に集まり、あろうことかお互いに食い合い始めた。
スケルトンもゾンビも関係ない。不快な咀嚼音がひたすら響く。
その様子は確かに地獄にふさわしい。
女の冒険者の一人が堪らず吐いていた。アズも胃がむかむかするのを感じる。
共食いの最後に残ったのはスケルトンだった。
その姿は灰王と向かい合ってなお更に大きく、四本の腕を掲げる。
ただのスケルトンとはまるで違う。四つ腕の化け物だ。
至る所に装飾が施され、四つの手にはそれぞれ輝かんばかりの剣が握られていた。
空っぽの眼窩の中で青い火が灯る。
壁の穴に灯った火と同じものだとアズは思った。
灰王と四つ腕は向かい合っており、敵対関係にあるのは明らかだった。

なぜ敵対関係にあるのかは分からない。

先に動いたのは灰王だった。アズの目でも追えない速さで灰王は四つ腕に剣を突く。

四つ腕は器用に四本の剣の背を重ねてその突きを止めた。

それからは凄まじい斬り合いだった。

その余波ですら衝撃波を伴うほどの強さがある。

ここにいる冒険者の誰もが、異次元の戦いを見ているしかない。

どちらが勝つにしても、明るい未来は見えそうにない。


普通に考えれば太陽神の使徒だという四つ腕が勝てば問題はないはずなのだが、エルザはそうではないと考えているようだ。

四つ腕が四本の剣を頭上で鳴らすと、地面からアンデッド達が湧きだした。

アズ達が戦ったような雑魚ではない。

醜悪(しゅうあく)な見た目、膨(ふく)れ上がった腐った筋肉。おぞましい気配。

どうすれば神の使徒があんなものを呼び出すのか。

灰王はそれを見て剣を天に掲げる。

アズを脅かした白い靄(もや)のようなものが集まり、複数のフルプレートの騎士達が出現する。

規律正しく剣を灰王に捧げる。きっとかつても今も灰王の部下なのだろう。

お互いの部下達が殺し合いを始める。

騎士達はこちらに襲い掛かってこないが、凶悪なアンデッドは違う。

慌てて応戦するが被害が出始めた。

エルザに支援を貰ってアズも対処するが、凄まじい強さだった。

あの百足虫ほどではないが、もし少しでも攻撃を受ければアズはたやすく殺されるだろう。

地獄。私達は一体何に巻き込まれたのか。

アズには分からない。エルザには分かっているのだろうか。

ああ、またしてもなんでこんな目に。

男二人分はあろう、ブクブクに太ったゾンビが盾を構えた戦士を殴り飛ばした。

攻撃を受けた盾はひしゃげており、異常な威力が見て分かる。

殴り飛ばされた戦士は壁に激突し微動だにしない。

幸いここには聖職者が大勢いるので、生きていればなんとかなるだろう。

太ったゾンビがそれ以上近寄ってこないように、アズが前衛に立つ。

エルザからの祝福を受けている。聖水を使った武器の浄化付きだ。

アズの体格では掴まれたりすれば終わりだ。

ゾンビの動きを目で見極め、死角へと回り込んでは斬りつける。

腐った肉体は簡単に斬れる。左手を斬り落とした。
聖水による強化もあるだろう。十分に通用していた。
トドメに頭を刎ねようとした瞬間、残った手でゾンビが剣を掴む。
腐った肉が焼ける音と匂いでアズは生理的嫌悪感を覚えるが、それでも目は離さない。
力比べになってしまうと勝ち目はない。
肉を剣に食い込ませ、焼かれながらゾンビはアズを引き寄せようとする。
なんとか抵抗する。すると、エルザのメイスがゾンビの頭を打ち抜いた。
血飛沫と腐った肉がアズの顔面に降りかかる。
かろうじて口は閉じたが、その感触に涙が零れるのは止められなかった。
「ありがとうございます」
「ブチ撒いちゃってごめんねー。でも余裕がなかったから」
「分かってます」
アズは顔をぬぐって血糊を落とす。
鼻がばかになってきたのが救いだろうか。
異形のゾンビは殆どが灰の騎士達に向かい、こっちに来るのはあぶれたものだけだ。
もし集団でこっちになだれ込まれれば全滅しただろう。

灰の騎士達はこちらに襲い掛かってくるわけではないが、助けるわけでもない。

近くにいた聖職者がゾンビに食われていても無視した。

四つ腕と灰王の戦いは最初こそ拮抗していたものの、地力で灰王が勝るのか僅かずつ四つ腕が押されていく。

暴力の嵐とでもいうべき四つ腕の剣撃は、灰王の剣に防がれている。

弾き、受け流し、躱し、相殺する。

僅かな隙を灰王は見逃さず、反撃する。

四つ腕はその灰王の剣に対し、三本の腕を使わなければならない。

残った一本で反撃するが、灰王はたやすく受け流してしまう。

その度に四つ腕は後ろへ追いやられる。

周囲のゾンビは灰王に襲い掛かろうとするが、灰の騎士達がそれを防ぐ。

ついに壁まであと僅かとなったところで、四つ腕が大きく咆哮した。

骨だけの身体では声は生まれない。

しかし魔力を伴った咆哮は周囲を振動させるほどの衝撃を持っていた。

アズには、それが四つ腕の気が狂わんばかりの怒りに思えた。

先ほどよりも遥かに勢いよく四つ腕は灰王に斬りかかる。

当初こそ四つ腕は流れるような剣を見せていた。

しかしなりふりも構わず、もはや剣技などなく。

それはただひたすら剣を膂力(りょりょく)によって叩きつけるだけの動作だ。

灰王はそれすら防ぎきるが、強引に後ろへと戻される。

四つ腕がスケルトンだからこその行動だ。アズは、灰王の剣を見る。

ただ見る。一切動じることのない剣技だ。

守りに移れば要塞(ようさい)の如き堅牢(けんろう)さ。攻撃に移れば破城槌(はじょうつい)の如き圧倒的な強さ。

欲しい。あれができればきっと私はもっと役に立つ。

四つ腕の空っぽの口が開く。そこから青い火が灰王へと降り注いだ。

灰王はそれを剣で振り払うものの、振り抜いた瞬間に四本の腕全てを使って剣を地面へと叩きつけられる。

灰王の剣は折れない。しかし灰王の右腕の力だけでは対抗できず、姿勢が大きく崩れた。

そこへ四つ腕の顔が一気に迫る。再び空っぽの口に青い火が溜め込まれていた。

それを見たアズは、ごく自然と自らの剣を灰王へと投げた。

灰王は封剣グルンガウスを左手で受け取り、目の前にまで迫った四つ腕の頭蓋骨を横に斬り払った。

青い火は顎(あご)と共に地面に落ちて燃え広がる。僅かの間、四つ腕と灰王は視線を交わす。

灰王は二振りの剣を天に掲げ、両目の青い火に向かって振り下ろした。

火が消えて、四つ腕の身体が砂のように零れ落ちていく。

全身の骨が消えるまで時間はかからなかった。装飾品だけが地面に落ちる。

異形のゾンビ達は倒れ込み動かなくなる。

灰の騎士達は灰王に剣を捧げ、再び白い靄となり消えていった。

場に残されたのは冒険者達と灰王だけ。灰王が冒険者達へ向き直る。正確には、アズへと。

外に出られると気付いた冒険者達は我先にと外へと脱出する。

死体とアズとエルザ以外の冒険者はすぐにいなくなってしまった。

こういう時に腰を抜かして動けなくなるようでは冒険者はやっていけないのだ。

灰王は右手の剣を納め、四つ腕が残した装飾品を砕く。

ただ一つブローチだけを手に取り、アズへと向かった。

アズの前まで来た灰王は左手に握る封剣グルンガウスを地面に刺し、アズへと左手を向ける。

「待って。私達は創世王教なの。敵じゃない」

そう言ってエルザは創世王教のロザリオを灰王に見えるように掲げた。

美しい女性のレリーフが灰王の目へと留まる。

「おお、我が女神……あなたの敵を一人、ついに滅ぼした」

その声は響くような声だった。

　漆黒の霧に覆われた貌は見えないが、打ち震えているように見える。

「怪物に堕ちようとも、必ず我が女神の敵を滅ぼそう。太陽の名を語る悪魔へ剣をつきつけよう」

　灰王は自らの懐からロザリオを取り出す。それはエルザの持つものと同じ意匠のものだ。

「良い剣であった」

　灰王はアズは見る。

「少女よ。助太刀に感謝する。奴の物は人を操る故に破壊したが、これは問題なき故に礼として渡そう」

　灰王からブローチを受け取る。それは赤い宝石が嵌め込まれた立派なものだ。

　台座には金が使われている。アズから見ても非常に高価な装飾品だった。

「我が女神を信奉するのであれば、また会うであろう」

　灰王の姿は消えていく。

「あの」

　アズはようやく口を開いた。

「どうやったら貴方みたいに剣が振れますか」

　その問いに灰王は貌だけアズへと振り向く。

「我が剣を忘れぬことだ。我が剣は人の身にて辿り着いたもの。その意思があれば辿り着くであろう」

今度こそ、灰王は居なくなった。カタコンベが揺れる。

アズは剣を地面から引き抜き、エルザと共にルインドヘイム・カタコンベから脱出した。

アズ達が脱出したのち、カタコンベの入口は消失した。大きな騒ぎになるだろう。

主人にはこのブローチを渡せばいい。

アズは少しだけ何かを得た気持ちになった。


奴隷が帰るまでの間は商売に精を出していたのだが、二人が帰ってきて早々冒険者組合に俺ごと召集されてしまった。

なんだなんだ、何をやっちまったんだと話を聞くに、色々あったようだ。

俺は冒険者ではないから重要性は今ひとつ測りかねる。

アズも同じだ。だがエルザは違う。元々資金稼ぎで冒険者の経験があると発覚した。

なぜ隠していたのかと問い詰めたら聞かれなかったからだという。家に帰ったら少しばかり躾が必要だな……。

なんにせよ、それなりに大事が起き、しかしうちの奴隷は無事に帰還したのは確かだ。

それに加えて迷宮ルインドヘイム・カタコンベは消失し、城の入口は灰の騎士という魔物達が守るようになったらしい。

俺にとってはどうでも良いことだ。

エルザのお試しで良さそうな場所だったというだけで、カタコンベは儲かる場所でもなかった。

聖水の販売先は別に他にいくらでもある。

そもそもそこに行くのは聖職者ばかりで聖水はあまり売れない。

戦士達の参加があったのは今回だけのラッキーだ。

半日以上拘束されたが、結局灰王の襲来と謎の魔物に関して原因は分からず仕舞いとなり解放された。いきなり灰王なんて大物の話を聞かされても困る。

迷宮が消失したのだからその謎の魔物とやらが迷宮の主なのだろうが、死体の部位一つ残ってないのではな。

帰宅してみると店は既に閉まっており、従業員達は必要な仕事を終えて帰宅していた。

俺はそのまま家に戻らず、裏庭に移動して井戸を指さして奴隷二人に言った。

「着替えを持ってくるから水を浴びてその諸々を落とせ。臭い」

アズとエルザはお互いを見合い、ため息をついていた。

うら若き乙女が言われたくないセリフだろうな。

裏庭は周りから見えないように壁で仕切ってある。

小さな野菜畑と空き地もある場所だ。女が水を浴びて着替えても問題はない。

俺が適当に服を用意して裏庭に行くと、二人とも水を浴び終わった後だった。

エルザの修道服は肌に張り付いており、体のラインがくっきり浮かぶ。

アズの服もうっすら透けてしまっている。水を浴びただけでは汚れは落ちきっていないようだ。

俺は再び二人を待たせて、風呂を沸かす。

水の魔石と火の魔石はまだ余裕があるが、魔力の注入をいずれしないとな。

エルザはできるだろうか？　もしできるなら良い節約になるのだが。

面倒だから二人とも風呂に放り込んだ。うちの風呂は俺の趣味で広い。二人でも入れる。

別に女を待らせて風呂に入りたいからでかく造ったわけではない。

待っている間に仕事を進める。しばらくしたら俺の部屋に来させた。

二人とも俺が持っていった部屋着だ。仕事をしながら二人を座らせる。

この光景も数日振りか。改めて話を聞こうとすると、アズが先にブローチを差し出してきた。

冒険者組合では取得品はないとのことだったが……なるほど少しは世渡りができるようだな。良いぞ。

人の言うことをはいはいと聞いているだけではダメだ。もちろん俺の言うことは聞け。

謎の魔物から得た装飾品で、アズだけが手に入れられたようだ。

経緯はいまいち聞いても分からなかったが……。俺はブローチを鑑定する。

剣だの鎧だのは専門外だが、装飾品なら俺にも価値が分かる。

素晴らしい品だ。宝石は火のエレメンタルの結晶だろう。

持っているだけで火の属性の効果が上昇する、魔導士が喉から手が出るほど欲しがる魔道具だ。

この大きさなら金貨六百枚、いやそれ以上か。台座も素晴らしい。

金を太陽に象った細工は見事な一品で、裏には太陽神教のシンボルが堂々と彫られている。

……そう、誰がどう見ても太陽神教のシンボルだ。

ブローチの価値は素晴らしい。

だが、売れない。出所を問われるのがかなり厳しい。

太陽神教が横やりを入れてきたら間違いなくトラブルになるだろう。

うちの金庫から盗まれたなどとでまかせでも言われれば負ける。

太陽神教の影響力はそれぐらいあるし、最近の連中は……俺よりも金にうるさい。

台座を外して金に戻し、宝石は単体で売ることも考えたが、これはセットでより効果を増すようだ。

惜しい。火の魔導士が居れば装備品として渡せるのだが。

アズは役に立ちました！　という顔で俺を見ている。アズの頭を撫でて褒めてやった。

これは間違いなく使えるであろうし、アズのモチベーションを落とすわけにもいかない。

エルザは俺の葛藤が全て見えるのか、余裕を持った笑顔で俺を見ている。

俺は左手中指をエルザの額に当て、右手の指でそれを引っ張り、離した。

いい音が部屋に響き、エルザは額を押さえる。いい気分だ。

今回は聖水の儲けと討伐による報奨金で地味ながら儲けになった。

疲れを取るために何日か休みを取らせておいて、次はどうするか。

悩んでいると、アズが口を開く。

「剣の練習がしたいです。どこか……さっきの裏庭で練習しても良いですか？」

「好きにしろ。そうだ。裏庭に行くなら野菜畑に水を撒いておけ」

「分かりました。ありがとうございます！」

熱心なのは良いことだ。強くなればなるほど良い依頼に送り込める。

エルザはアズに比べて強いので心配はないな。二人の小遣い袋に銀貨を補充してやる。

一々色んなことに許可を求められても面倒だし……。

依頼に必要なものをこちらで用意することはあらかじめ念入りに伝えてある。

アズとエルザを下がらせてブローチを眺める。魔導士、魔導士ねぇ。

魔導士は正直言って冒険者に限らず役に立つ。凄まじく役に立つ。

奴隷で真っ先に売れるのは肉体労働に向いた男か、魔導士だと言われている。

火と水を生み出すだけで役に立つし、生活魔法という分野が発展してからは更に便利になった。

護衛(ごえい)としても使えるし、魔導士は学がある。土魔法を覚えさせれば土木工事だって楽々だ。

燃える石の炭鉱では魔導士が一人参加しただけで発掘量が二割増えたという。

資金の残りはアズとエルザを買って目減りしていたがまだある。

良い機会かもしれない。

俺は奴隷商人に文を出すことにした。さて、うちの奴隷を次はどこへ送ろうか。

次の日からアズは裏庭で剣を振り始めた。

剣のことは分からないので放っておく。熱心に振っているようだ。

エルザには聖水の在庫作りと、診療所の真似事をさせている。意外と金になる。

この都市には診療所が少なく、太陽神教の司祭の治療を受けるにはお布施(ふせ)が必要だ。

あんまり表立ってやると対立してしまうが近所でやる分には大丈夫だろう。

この区画には教会がないし。それでも文句を言いに来たら辞めればいい。

合間合間に依頼を組合から回収し二人を送り込む。迷宮探索もやらせる。

楽な依頼ばかりなら別々に依頼をこなさせても良いし、そうでない依頼なら二人セットでやらせる。

エルザは聖職者の司祭ということで安定した結果を出すし、アズは日に日に成果が増している。

二人の稼ぎは下級を超え、中級冒険者に届く。

衣食住を整えてアズ達の経費を安くしてやる代わりに、依頼から得た報酬は総取りのやり方は結果が出始めている。

あのブローチを除いても依頼から経費を引いた額の黒字化は既に達成しつつある。

討伐系の依頼では特にアズの成果が大きいのだ。

総額の黒字はエルザの値段が高かったのでまだ遠いのだが。

俺は帳簿をつけながら考える。経営方針としてはこの先色々な道がある。

一つはアズとエルザのような二人一組の奴隷の数を揃えて数で依頼をこなして金を得る方法。

だがこれは冒険者組合に確実に止められるだろう。

他の冒険者を締め出してしまう。特に下級冒険者。後々の成長の芽をつぶすことになる。

加えて冒険者組合に対して俺の影響力が強くなりすぎて要らぬ恨みも買いそうだ。

量より質でいくべきだろう。

奴隷商人に魔導士に関しての文を出したのだが良い返事は貰えなかった。

手に入りにくく、即売れてしまう。

エルザは正直娼婦として売るより俺に売った方が高値だから売ってくれた側面もある。

しばらくはそうして過ごしながら、二人に振る依頼の難易度を上げていく。

以前のような切り札がないので着実に、危険は最低限にしつつ、だ。

まぁ中級下位の依頼なら軽戦士と司祭の二人組なら大概の事態は切り抜けられるだろう。

ヤバかったら逃げろと言い続けている。良く言えば平和に。悪く言えば平凡に稼ぎ続けた。

本業と合わせて少しはいい稼ぎになってきたかなと思っていた最中、思わぬ方向から騒動が舞い込んだ。

……俺達が拠点を構えるこの国はデイアンクル王国という国だ。

この国を一言で言えば全てが普通の国、だ。

農業も普通。鉱業も普通。産業技術は劣ってはいないが進んでいるわけでもない。

海は近くもないが遠くもない。軍の強さも普通。野心はそれほどないが、殴られたら殴り返す。

交易路としては悪くないが、この国でしか手に入らないものはないから恩恵は少ない。ただの通り道だ。香辛料は特に持ち運びしやすく売れやすいので一応名産となっている。関税は安い。

魔物の強さは平均するとこれも普通だ。

灰王の住む古城だけが突出している。上級どころか英雄が集まっても攻略不可だ。そのせいで強くなった冒険者は他の国に移るらしい。

上級向けの依頼は浮き気味になっているので、その辺を回収できるようになればいい金になる。魔導士が居ないと難しいが。

そんな国だ。そして国境を接している国は三つ。

大陸の覇者たるアンビッシュル帝国と、太陽神教の総本山である太陽連合国だ。

もう一つの国とはかなり危険な山脈を挟んでいるためあまり交流はない。

今我がデイアンクル王国は帝国と少しばかり外交で揉めている。

揉めている理由はまぁ、手っ取り早く言えば鉄をはじめとした鉱石のお互いの利益調整なのだがこれが一向に折り合わない。

そうしている内に帝国の過激派の声が大きくなり、こちらはこちらで穏健派筆頭の国王が病気がちになってしまい抑えが弱い。

道具屋として細々とだが情報を仕入れていたし、交易で手に入れる品もそれなりにあるので動向を見守っていたのだが、小競り合いがついに始まってしまったらしい。

お互いまだ諸侯同士の軍による小競り合いなのだが、激化すればそれぞれの君主が出張って本格的な戦争になる。

……こういう時冒険者は傭兵(ようへい)的な役割を担うことになる。

そうした依頼が既に冒険者組合に出ている。

一応冒険者は自由な者達となっていて強制ではないのだが、功績があれば報酬が出るし箔もつく。何より貴族達と関わることになる。

貴族達からの個人依頼は、非常に儲かるというのはよく聞く話だ。

貴族とあまり関わり合いにはなりたくないという思いもあるが。

俺は傭兵依頼の紙を机に放る。アズに人間は殺せないし無理な話だ。

エルザは必要ならやりそうだ。随分と肝っ玉が太い。

浮気とか絶対許さなそう。考えることが多すぎて思考が脱線しすぎている。

ようやく稼ぎ頭といえるほどになったのにアズのメンタルに変調があっては困る。

冒険者組合と話し合った末に、それならと厄介な依頼を押し付けられた。

何が厄介かというと安いが緊急性の高い俺の嫌いな依頼だ。

アズとエルザを部屋に呼んで、大量の依頼を押し付ける。

第三章　帝国貴族のお嬢様

二人が厄介な依頼を片付けるのに二ヶ月ほど掛かった。

その間に小競り合いは終了し、意外なことに王国側が勝った。

帝国側が反撃するかと思ったが、そこで折れて王国側に譲歩したらしい。

大陸の覇者といえども、帝国は大きすぎて平和な王国より問題が多いようだな。

そして奴隷商人から文が届く。新しい奴隷が確保できた、と。

奴隷商人との商談は長引いた。

商品の特異性もあり、値段の高さもあり、そして有用性の高さ。扱いにくさ。

それら全てを天秤にかけ、俺は奴隷を買うことにした。

他二人とは違い、かなりの爆弾となるものの将来性の高さは見過ごせなかった。

渋る奴隷を連れて俺の部屋に押し込む。

エルザとアズは事前に部屋に待たせて、座らせずに椅子に座った俺の後ろに立たせた。

今回は威圧が必要だ。

奴隷商人が用意した新しい奴隷とは、帝国との小競り合いで人質となったものの交渉で向こうが見捨てた貴族の娘だ。

今回の騒動の原因になった貴族の一族らしく、何を考えているのか親子で先陣を切ってきたらしい。

今回買った奴隷は帝国貴族の娘アレクシア・テンタキル。

王国との国境沿いに領地を持つテンタキル家の御令嬢であり、魔導士兼騎士とのことだ。

帝国の過激派にのせられたテンタキル家はそれまで上手くやっていた王国との関係を悪化させ、ついには先鋒として乗り込んだ。

目論見としては快勝を重ねることでテンタキル家が利益を最大限受け取れるように色々と画策していたらしいが、緒戦で王国に大敗してしまい、当主は討ち死に。

アレクシアは捕まって人質に。

なぜ戦おうと思ったんだ。

帝国は王国へのアピールも兼ねてテンタキル家をさっさと取り潰すことにして、アレクシアは身代金を払われずに奴隷にされてしまったという。

なんというか、まぁ。商人でも似たような話があるのだが、考えが足りなすぎる。

そんな考えが足りない娘を奴隷にすれば、当然ながら反抗的にもなる。

アズは生きる術がないから俺に縋る。

エルザは諦めて妥協する。だが、このアレクシアはそんな頭がない。

実際今、主人である俺を睨みつけている。

そんな様子にアズはしきりに俺を見る。エルザはすました顔だ。

俺が口を開く前にアレクシアが俺に文句を言い始めた。

「わ、私は貴族です。奴隷になど……！」

「お前は正しい手順で奴隷として売られて俺に買われたんだよ」

「何かの間違いです。帝国が直ぐに私の身代金を」

めんどくさい。アズもエルザも聞き分けが良かったんだと実感した。

俺はアレクシアが更に何か言おうとする前に、右手の甲でアレクシアの右頬をはたいた。

アレクシアは呆気にとられ、後ろに座り込む。

先ほどまで自分の言葉でヒートアップしそうにしていたのだが、あっという間に気勢はそがれた。所詮貴族という立場に守られていただけの小娘だ。

奴隷として主人に手を上げられない以上、俺にとってはこの少女は無力な小娘でしかない。高い金を払い、そして回収する商品だ。

「痛い……何をするの」

「何って、躾だが。まず誰がしゃべって良いと言った」

俺はアレクシアの長く赤い髪を掴む。

捕らわれている間は手入れができなかったはずだが、それでも絹のような美しさ。

アレクシアの目の前まで顔を近づける。表情は険しく保つ。

……貴族の令嬢をこれほど近くで見たことは無いが、確かに庶民とは違うな。

アズやエルザもかなり美形だと思うが、このアレクシアも引けを取らない。

特にこの目。赤い髪に見劣りしない金眼。

この少女はさぞもてただろう。だが、今は俺のものだ。

俺の有無を言わせない表情にアレクシアが怖気づくのが見て取れる。

……親は呆気なく死に、自分は捕まって奴隷になり、最後のよりどころであるはずの帝国にはさっさと見限られてしまった。

元よりこいつが強気を保てる理由はない。

頭が足りないから反抗するが、だからこそ力でどうにもできないことに弱いのだ。

「お前はもう貴族じゃない。ただの俺の商品だ。後ろの二人と同じく。お前は魔導士として使えるから買った」

髪を掴む手の力を強くする。痛みでアレクシアがくぐもった悲鳴を上げる。

「や、やめて」

「お前はどうにも頭が足りないから言っておく。俺の役に立たないなら、お前を買いたいという人間はいくらでもいるんだ。元貴族令嬢。さぞかしたくさん客が付くだろうなぁ」

「客？　何を言って……」

俺はアレクシアの胸を掴む。アレクシアの顔が驚愕に染まる。

「分からないか？　女が客を取るって意味が」

アレクシアの胸は手に収まる程度だ。俺はそれをこねる。

「気持ち悪い……下衆（げす）ね」

俺はため息をついた。別にこのまま楽しんでも良いのだが、聞きたいのはそういう言葉じゃない。この女は自分が不利になった経験がないらしい。

自分が不利な状態で挑発する意味が分からないとは、ほとほと呆（あき）れる。

俺は胸から手を放し、その手で再びアレクシアの頬を叩く。

痛みではなく、音が立つように。後ろの二人にも躾として見せつける意味があるからだ。

涙目になったアレクシアは両手で顔を覆ってしまう。

俺はその手を押しのけ、俺の目を見させる。

「お前がどう思うかはどうでも良い。もうお前は権利が約束された貴族じゃない。お前は俺のものだ。俺の役に立て」

長い沈黙の末、アレクシアは頷いた。ようやく反抗する意味が無いことが理解できたようだ。

「どうすれば良いの……私に何をさせたいの」

髪から手を放すと、顔を俯（うつむ）いた状態で俺に尋ねてくる。

「言っただろう。魔導士として買ったと。お前は冒険者になってひたすら金を稼ぐんだ」

「……私が冒険者？」

アレクシアは顔を上げる。目には反抗の意思がない。純粋に意味が分からないようだ。

「そ、そんなことのために」

「魔導士は貴重なんだ。元帝国貴族だの色々オマケみたいなもんがついて来たが、貴族なら上等な魔導士なのは確実だからな」

何不自由ない生活から奴隷として命を張る冒険者に。

さぞかしショックなのか。しばらく顔を上げることはなかった。

数奇（すうき）というか、こいつもある意味犠牲者でしかない。

親が決めた戦争で負けて、捕まった後は後援者も知らんぷり。

普通こういうケースでは身代金で身柄が引き渡されるのだが、帝国の使者からは一言もそんな言葉は出なかったと聞いている。

俺としては非常に高額とはいえ使える手駒が増えて助かったがな。

動かないのでアズとエルザに部屋に押し込ませた。

アズはアレクシアへの躾でびびったのか機敏（きびん）に動く。

エルザは特に変わらなかった。

一応部屋は四人まで住める広さはあるから、三人でも手狭（てぜま）と言うほどではないだろう。

俺は椅子に座って大きく息をついた。

しばらくは手がかかりそうだな。アレクシアの装備も新調しなければ。

……バトルドレスとかどうだろう。

数日ほどアレクシアの様子を眺めていたが、些か反抗的な視線をこちらに向けるものの、主だった反抗は無くなった。普段に限れば、だが。

衣食住全て俺持ちだし、毎日三食食べられることも感動していたが何より風呂に毎日入れるのが革命的だったようだ。

帝国側は文化的に風呂には毎日入らないらしい。

王国に比べて水資源が貴重で、魔石もあまり採れない結果、貧乏貴族は基本的に水で濡らした布で体を拭くことが多いとか。

燃える石で水を沸かすのは勿体ないそうだ。

うら若き乙女であるアレクシアには耐え難かったらしく、自分で沸かして入ることも多かったらしい。

だが風呂に入れるほどの水を自分で生み出して、それを沸騰させるとなると大変魔力を使うらしく、毎日はできなかったとのことだ。

俺はアレクシアに毎日風呂に入る代わりに火と水の魔石の魔力補充を命令した。

俺の命令というより自分の利益のためか、素直に指示を聞いている。

これで補充に金を使わずに済む。素晴らしい節約だ。

割に合うか、という意味では全くだが……副産物だから良いだろう。

加えて化粧水などを要求してきた。

エルザもそこには同意しており、女の身だしなみだと言い切られたので用意してやることにした。

商品の手入れに必要な経費と思うしかない。道具屋だから原価で手に入るのが救いか。

原料は薬草とアルコールと薬水を合わせて作るらしい。

そのうち錬金術師と組んで新しいのを作れば売れないかな。

材料はあいつらに取ってこさせればいい。

売れ筋の物を用意してやると、文句を言いながらも嬉しそうに受け取り、自分だけではなくアズにも化粧品を教えてやっていた。面倒見は良いのだろうか。

エルザも機嫌が良くなったので、女性には嬉しい品物らしい。

確かに三人は見違えたように見える。服装次第で三人とも良家のお嬢様に見えるだろう。

バトルドレスも手に入り、アレクシアに着せる。水色のドレスを基にした軽装備だ。

嫌がらせとして俺の前で着替えさせる。案の定恥ずかしがるが、決定権は俺にある。

風呂に入り肌の手入れをしたためか、ぐっと奇麗になった。

水色のドレスはアレクシアの赤い髪をより目立たせる。

社交界に連れていけばさぞかし注目を浴びるだろうな。そんな機会はないが。

武器選びは難航した。

アレクシアは魔導士だが、騎士の技能もある。単に杖だけ持たせるのは勿体ないのだ。

三人のパーティーで、資金的にもここから人数を増やす気はない。

後衛よりは中衛が居たほうがバランスも良いはず。

元々何の武器を使っていたかアレクシアに聞くと、魔法剣を使っていたと答えが返ってきた。

貧乏ながらも流石(さすが)は貴族か。

アズが使う封剣(ふうけん)グルンガウスも分類的には魔法剣だ。扱いは宝剣。

アレクシアの使っていた魔法剣は封剣グルンガウスに比べて格落ちらしいのだが、流石に手に入れるのは難しい。

アズの武器をアレクシアに渡すのが戦力的には一番良いのだが、あれをアズに使わせることで俺が信用しているという一種のメッセージになる。

結局本人の希望もあり鋼の戦斧(せんぷ)を渡す。魔導士向けにはあのブローチで十分だろう。

アレクシアにブローチを装備させると驚いていた。

一介の道具屋風情がよく私を買った上にこんなブローチを持ってますわね、と。

無言でけつを叩いた。

キッとこっちを見る。顔より効くと思いこっちにしたが効果は高いようだ。

見た目は華奢だが、武器の扱いに問題はない。魔法で筋力補助ができるらしい。

魔導士は万能では？　と言ったら結局魔力のある鍛え上げた戦士の方が遥かに強いらしい。

大陸最強の冒険者は確かに魔導士ではなく戦士だったな。

これで一応こいつらを送り出す準備はできた。

アズがリーダーなのは変わらない。俺に対して一番忠誠心がある。

アレクシアに舵取りさせるのは論外だ。話していると貴族として教育されているという教養は感じるのだが、やはりポンコツな部分がある。

ちょっと感情が高ぶると、抑えが利かずに俺に逆らって体罰という流れになっているし。

試しにアズと模擬戦をさせてみたが、アレクシアが全勝した。

凄まじい速さでアズが動くのだが、アレクシアは最低限の動きでそれを捌く。

しかし回数を重ねる度にアレクシアの戦い方にアズの方が慣れていったのか素人目に見ても惜しいと思う部分が何度もあった。

アレクシア曰く、今のアズはその辺の兵士よりは強いし、勘が良いとのことだった。

俺は十分だと判断し、こいつらを迷宮に送ることにする。中級の迷宮が良いだろう。

昼食後に三人を部屋に集める。

「そろそろ働いてもらう。三食昼寝付きで随分休めただろう」

俺は一つの迷宮を地図で指さす。それに加えて迷宮で達成できる依頼も幾つか用意した。

それを見てアレクシアが口を開く。

「帰還できなかった冒険者の探索、ですの？　こんなことまで」

「死んでれば髪でも良いから持ってこい。この手の依頼はついでとしては割が良いんだ」

「他のは……迷宮から手に入るアイテムの納品が多いですね」

「この迷宮では質のいい銀鉱石が入手できるんだ。掘ったりしなくても十分な量が宝箱からも手に入る」

アレクシアがその依頼書を見て俺に視線を向ける。何か言いたそうだったので促してやる。

「宝箱ってなんですの？　迷宮は知ってますけれど、そんなものがあるならサッサとなくなるのでは」

「知らん。と言いたいが、人間を呼び込むために定期的に宝箱が生まれるらしい。あっちはあっちで人間が餌になるようだ」

「ぇぇ……心底嫌ですわね。行きます、行きますから手を構えるのはやめて」

俺が立ち上がる前にアレクシアは納得してくれたようだ。

この迷宮はアタリが出ないことで有名だ。

代わりに銀鉱石による安定した稼ぎがあり、たまに金や白金も少量手に入るらしい。

迷宮のボスは鉱石を食べるトカゲで、魔法に弱いという情報も手に入れている。

この面子なら攻略可能だろう。物資も三人いれば十分な量を持っていける。


次の日の朝、三人は、目的の迷宮へ無事到着した。

都市から少し遠いが、道中は馬車に乗れたためそこまで時間はかからなかった。

迷宮の前でアレクシアは口を開く。

「気が滅入りますわ」

「そうですか？　そんなに難しい迷宮ではなさそうですけど」

踏破率が高い迷宮だから地図も精度が高い物が用意されている。

アズはそれを眺め終わり、仕舞いながらアレクシアの愚痴(ぐち)に返事をする。

「ここで冒険者の真似事をすること自体が、です」

アレクシアは戦斧に体重を預ける。

「真似事じゃなくてそのものなんですけどね」

エルザはそう言いながら迷宮の入口を開ける。

アズはそれに続き、アレクシアは渋々後ろに続いた。

「私は由緒正しい貴族ですわ。こんなことをするような立場ではないと」

「それはもう何度も聞きました。いいから灯りの魔法を使ってください」

アレクシアははいはい、と生返事をして灯りの魔法を使って周囲を照らす。

「魔法って便利ですね。松明を持たなくていいのは助かります」

「私の魔法は松明の代わりですか。はぁ」

アズの言葉にアレクシアは肩を落とす。地図の通りしばらく一本道だった。

道中では犬ほどの大きさのトカゲが出てきたのだがアズに斬られ、エルザに潰され、アレクシアに焼かれるか斬り飛ばされる。

「楽ですね……」

「そうねー。一階だし、手に入るものもないからさっさと下りましょう」

二階層では鉄を食べて変化した鉄トカゲが出現し始めたが、アズ以外は殆ど変化がない。

アズだけは攻撃回数が少し増えた。

アレクシア曰く魔力自体はアズにもあるそうだが、まだ封剣グルンガウスを使うには足りないとのことだった。

もしこの剣が正しく使えれば、この程度の敵なら一撃で仕留められる。

宝箱を見かけるようになったものの、中身は鉄鉱石ばかりだ。

事前にご主人様から鉄鉱石は要らないと言われていたので放置する。

鉄鉱石を拾うくらいなら銀鉱石で持ち物を埋めろとの厳命だ。

アレクシアは騎士として行軍訓練も行っていたからか、疲れた様子はないがストレスは溜まっているようだった。

一応言われたことには従っているが、誰かの命令に従うこと自体が不満なのだろう。

幸いストレスは魔物にぶつけている様子で、気に留める程度で先に進む。

そして三階層へ到達する。鉄トカゲに加えて銅や銀のトカゲが出始めた。

銅トカゲは柔らかくて弱い。銅鉱石も採れるが、割に合わない。依頼の分だけ回収する。

「四階層に未帰還冒険者が居るみたいですね」

アズは一度立ち止まって依頼書と地図を広げる。

「なんで分かりますの？」

「冒険者タグが反応してます」

「何よそれ。居場所の特定までされるのね。冒険者は自由な職業なんてよく言えたわ」

アズの返答にアレクシアは益々不満を募らせる。

「私達のタグはご主人様が許可しないと見れないって聞きました」

「それはあの男なら見れるってことでしょ。どうせちゃんと活動してるか監視してるわ」

「んー、普通に商売に精を出してると思うけど」

エルザは苦笑した。そもそも監視するほどの価値がある冒険者など稀だ。

こういう未帰還冒険者が出た時に使われる。

アレクシアは奴隷の証であるブレスレットと、冒険者タグを忌々しそうな顔で睨んだ。

「早く行きましょう。長居したくないわ」

「それには同感です。階段はこの先ですね」

再び前進すると、三体の金トカゲが宝箱の周りをうろついていた。

「あれは……宝箱みたいですね」

「どうする？」

「はぁ……変わらないわよ、トカゲなんて」

アレクシアは赤いブローチに魔力を集め、自らの魔法を強化する。

火の魔法がブローチで大きく強化され、アレクシアはそれを纏(まと)めて金トカゲに浴びせた。

強烈な火は金トカゲを焼き尽くし、金の部分だけが残る。

「すごいですね、アレクシアさん」

「当然よ。このブローチの補助も多少はあるけれど」

思わず拍手する。アレクシアは少し機嫌(きげん)を良くした。

魔法は凄まじい迫力だった。

ことあるごとに愚痴を吐くアレクシアに辟易(へきえき)していたが見直す。

上手くサポートすれば、素晴らしい結果が出せるだろう。

残った金は冷やして回収し、宝箱を開ける。

トラップを感知する指輪を預かっているので、気兼ねなく開けられる。

中には銀のインゴットが収まっていた。精錬された銀の輝きは美しい。

なぜ宝箱から精錬された銀のインゴットが出てくるのかは謎だが、そういうものらしい。

リュックに収める。そしてそのまま階段へ向かい、下りた。

この迷宮の特徴は、良い鉱石を拾えば拾うほどトカゲ達を引き寄せてしまうということにある。アズ達は過剰戦力故に稼ぎながら回収できるが、依頼にあるパーティーはそれほどの実力ではなかったようだ。

三人の荷物がほどほどの量になる。

四階層をくまなく回り、この層のトカゲ達が殆ど出てこなくなった頃に空のリュックを見つけた。

恐らくここで逃げ切れずに荷物を捨てたのだろう。中身はトカゲの魔物が食べてしまったか。

そのまま上に戻れば良いのに、とアズは思うが、血痕もあった。

怪我をしているらしい。奥は袋小路だ。そのまま奥へ進むと人影が見える。

剣を構えたまま近づき、様子を見る。

そこには倒れた少年と少女が居た。依頼通りだ。

衰弱しているが、まだかろうじて息がある。

エルザが癒しの奇跡を使うと顔色が随分よくなる。

休憩ついでに水を飲ませて暫くすると、少年が目を覚ました。

「ここは……」

「こんにちは」

少年は急いで剣を取ってアズへ振り向く。事情を説明すると、落ち着きを取り戻した。

少女も続いて目を覚ます。怪我をしたので袋小路で身を潜めていたらしい。

食事を与えて再びエルザが癒すと、ほぼ全快したようだ。

少年に依頼書へサインさせて三階層への階段まで送る。

迷宮を攻略するまで待たせても良かったのだが、少年は急いで帰還することを望んだ。

ある程度倒した後だ。戦闘を避ければ問題はないだろう。

二人は何度もお礼を言って階段を登っていった。

アズ達は五階層に移動する。……少し空気が変わった。

迷宮の壁が岩ではなく、黒い鉱石に変わる。

ここから先は鉱石を食べた大トカゲが出てくる。

この黒い鉱石を食べたトカゲは他のトカゲよりも強いという。

ダマスカス鉱石が僅かに含まれている、らしい。

精製するには割合が低すぎてコストに合わないという。

五階層から敵の強さは大きく上昇した。

トカゲ達は体躯が巨大になり、皮膚の硬さはより硬度を増す。

アズとエルザでは決定打を与えられなくなり、処理が間に合わなくなる。

アズは前衛としての囮に専念してアレクシアの魔法を殲滅のメインにした。

アレクシアは盛大に魔法を放つことで随分機嫌が良くなったので、愚痴が減ったのが幸いだった。

純粋な魔導士とは違い、アレクシアは襲われても戦斧による応戦ができ、戦斧に魔法を纏わせることで高い殲滅力をもつ。

　疑似魔法剣ならぬ疑似魔法戦斧を見たアズが羨む目で見つめていた。

「申し訳ないですけど、これは他人の武器には施せませんの」

「えぇ……」

「貴女時々子供っぽくなりますわね。ああ……この中で一番子供でしたわ」

「落ち込んでいるアズちゃん可愛い」

　エルザがうっとりとアズを眺めている。アレクシアはそんなエルザに引いていた。

　少し手間取っていたものの、戦法を変えたことで再び危うげなく進行する。

「アレクシアさん、魔力は平気ですか」

「ええ。このブローチのお陰で、火の魔法に関しては殆ど消費がありません。素晴らしい魔道具ですわね」

「そうですか」

「なんで貴女が嬉しそうなの？」

　六階層の最深部。この迷宮の主が鎮座（ちんざ）する部屋に到着した。

「みんな大丈夫ですか？　なら行きますね」

　アズが巨大な扉を開く。

　中の部屋は広い空間だった。その中央にアズの数倍はある黒い大トカゲが鎮座している。

いや、鎮座というよりも地面を堅い牙で削り取りながら食べている。

扉が閉じる。ようやく黒トカゲがこちらに気付いたようだ。

トカゲに向かって剣を構え、エルザがアズを祝福して強化する。

アレクシアはため息をつきながら火の魔法を詠唱する。

祝福により強化されたアズの速さは、この迷宮に入った時よりも大きく増している。トカゲの討伐で力を増したのもあるが、力の使い方が上手くなった。

黒トカゲの攻撃はアズには届かない。

長い尻尾も、牙によるかみ砕きも、手足による叩きつけも回避する。

隙を見つける度に剣で斬りつけるが、硬い。

この硬さはかつて殺されそうになった百足虫に匹敵する。

だが脅威としてはこの黒トカゲの方が低いと感じる。

あの絶望を感じない。傷をつけることに成功して満足し、囮の役割に戻る。

アズがろくにダメージを与えられない一方で、アレクシアの魔法は効果絶大だった。

魔法が一発直撃するたびに黒トカゲが大きく絶叫する。

その度にアレクシアに向かおうとする黒トカゲを、傷口を斬りつけることで注意を逸らす。

詠唱中に尻尾が飛んでくればエルザが見事に弾いた。

それを見たアレクシアはこっそり怪力女と呟くが、エルザはその言葉に振り向いて笑顔で返した。

「この司祭、ちょっとおっかないですわね……」

アレクシアは気を取り直し、トドメを刺すためにより高度な魔法を準備する。

黒トカゲは命の危険を感じたのか、複数の大きな岩を咥えてアレクシアへ投擲する。

アズはアレクシアと岩の間に立ち、灰王と同じ構えをする。

アレクシアは魔法の準備に入っていて動けない。

エルザがアレクシアを抱えて移動するのは間に合わない。

黒トカゲは次の岩を咥えて準備している。

ここで岩を打ち落として、魔法で倒す。そう決めた。

灰王の動きを思い出し、真似をした剣技を放つ。

最初の岩を斬り落とし、次の岩を返す刀で弾く。次も、その次も。

剣の理に従って動くことで、無駄がそぎ落とされていく。

その剣技は灰王のものに比べればあまりにも未熟ではあったが、襲いくる岩を排除した。

黒トカゲが次の岩をこちらへ放つよりも早く、アレクシアの詠唱が完了する。

「――我が祈り。焦炎の誓いをもって、火の王に抱かれよ」

大魔法に区分される高位魔法。

本来アレクシア一人では発動することが難しい規模の魔法は、黒トカゲを絶命させるには十分すぎる威力だった。

焦げた巨体が地面に倒れ伏す。その匂いが漂う。

少し離れた場所で息を整える。今なら少し気を抜ける。

アレクシアが環境を操作する魔法で空気を奇麗にしてくれたので、焦げた匂いのする空気で深呼吸しなくても良かったのは幸いだった。

死んだ黒トカゲを無視し、周囲を探す。

迷宮の主部屋では宝箱が必ず見つかると言われたのだが……。

奥に小さな宝箱があった。

開けてみると、小さいながらも金の塊が鎮座している。

眩しい輝きだった。それをリュックに詰め、立ち上がる。この金塊で攻略は完了だ。

「そういえば、ここは主が死んでも迷宮は消えないんですね」

アズが疑問を漏らす。エルザがそれに答えた。

「それはねー。逆だからだよ。あのカタコンベはあれがいたから形を保っていたの。だから主を失って形が保てなくなったの。ここはこの迷宮がある限りトカゲの中から主が生まれるから消えないよ」

「……えっと」

「何の話か知らないけど、ここは正確には主がいないってことよ。だからなくならないわ」

「なるほど」

アズは頷いた。アレクシアは戦斧を地面に突き刺して体を預ける。

帰り支度をしていると、入口辺りが騒がしい。

剣を持って構える。他の二人も臨戦態勢をとる。

武器を構えたまま入口を見つめていると、複数の男達が入ってきた。

男達はそれなりの装備を整えており、冒険者には見えない。

その中で特に背の高い男が前に出て、黒トカゲの死体を眺める。

「ンンンンンン？　おやおやこれはこれは」

死体を興味深そうに眺めた後で、男はようやくアズ達に気付いた。大げさに両手を広げる。

「先客ですねぇ。お嬢様方。運が良いのか悪いのか……今からここは太陽神教が貸し切りますので。早く出ていって頂きたい」

「迷宮の貸し切り？　そんなの」

「許可は出ております。ここの主も倒したようですし、用もないでしょう？」

「……そうだけど」

こっちに有無を言わせない。男達は武装しており、数も向こうの方が多い。

幸い引けば争う気はなさそうだ。アズは二人とアイコンタクトをし、臨戦態勢を解除する。

「物分かりが良い。素晴らしい。この死体は頂いても？」

「いくらで買いますか？」

「おやおや。ンンンンン……なら金貨三枚で。どうせ運べないでしょう？」

「どうも」

アズは金貨を受け取ると部屋から出る。

「そういえば言い忘れました。私、太陽神教の神殿騎士、エヴリスと申します」

その後は向こうの気が変わらないように急いで迷宮から脱出した。

後日鉱石の迷宮はエヴリスの言った通り、他の冒険者が一切入れなくなった。

理由は事故があったためだった。

冒険者は本当に自由なのだろうか、とアズは思った。

新しい商品開発のため、燻製（くんせい）を作っていたところアズ達が帰ってきた。

荷物も満杯だし、依頼は問題なく達成している様子なのだがどうにも浮かない顔だ。

労いもかねて、酒と燻製の試作品をとりあえず提供して話を聞くことにした。

「ありえませんわ！」

アレクシアは蒸留酒の入っていたグラスを飲み干し、コップを置く。

俺は追加を注いでやる。彼女は燻製にされたチーズを口に放り込み、蒸留酒を更に呷る。

「迷宮の独占なんて、組合も領主も何を考えてますの。いくら太陽神教が大陸最大の宗教といっても王国の国教ではないのよ。ましてあの迷宮は特性を考えると銀鉱山みたいなもの。国益に反してますわ」

またグラスを空にする。酒は飲み慣れているようだ。

「帝国でもあり得ないのか？」

アレクシアは首を振る。

「迷宮の貸し切り自体はともかく、資源が得られる迷宮では聞いたこともありませんわ」

「太陽神教はそもそも、太陽連合国という総本山がありますからねー」

エルザが干し葡萄をつまみにワインを飲みながら言う。

「そう、そうですわ。開発も炭鉱夫もいらない鉱山を他国に独占させるなんておかしいの」

……確かに、妙な話だ。聞けば大トカゲの死体も買い取っていったという。

金貨三枚か。太陽神教なら人手はあるだろうし、運び出して有効利用すればそれなりの価値があるのだろうが。

アズは話に付いていけない様子で、酒の代わりに葡萄ジュースをちびちび飲んでいた。

燻製の卵が気に入ったのか、それをよく食べている。

商品としては問題なさそうだ。

「とりあえず無事に帰ってきて何よりだ。俺は用事で出かけるから、適当に切り上げて休んでおけ」

「このボトルは空にしても良くて？」

「好きにしろ」

「あら、ありがと」

「このワインも空にしますねー」

年長組二人はもう酔っ払いになっている。

まぁ風呂ぐらいは入れるだろ。俺は後のことをアズに任せて部屋を出る。

アズはアレクシアに絡まれていた。俺に救いを求めていた気がするが、多分気のせいだ。

俺は急いで伝手を使って銀を買い込む。

あの迷宮はこの辺りの銀の産出の一割ほどを担っていた筈だ。

銀の値段が上がればあの迷宮は活発に攻略される。それでバランスがとれていた。

太陽神教が銀を欲しがって占領したのかは分からないが、少なからず影響が出てもおかしくない。

アズ達が拾ってきた鉱石を処分しつつ、手元の資金の二割くらいを使って銀を確保する。

何事もなく済んでも、銀の現物なら大損はないだろう。

ダマスカス鉱石に関しては買わない。

あの迷宮から得られるダマスカス鉱石は加工できるほどの質ではない。

大量に集めて精製すれば僅かな量なら得られるだろうが、割に合うとは思えないな。

目立たないギリギリの量を買い集める。といっても手元にあるのは手形だけだが。

しかし分からないな。太陽神教の目的も、それを許可した領主も。

領主はちゃんとした人物だったはずだが……熱心な太陽神教の信徒とも聞いていない。

ある程度情報を集めておいた方が良いかもしれない。

大きな流れが生まれてしまえば、それに備えなければならない。

部屋に戻ると、俺の部屋の中で三人とも寝てしまっていた。

酒の空瓶（あきびん）が転がっている。ため息をついてドアを閉める。寝かせておいてやろう。

哀（あわ）れにもアズはエルザとアレクシアの抱き枕にされていた。

それから数日後、銀の相場は緩やかに上がり始めた。

鉱石の迷宮が太陽神教によって占領されていることが広まったのだろう。

アズ達は適当な依頼に出しておいた。

あの三人なら中級の依頼は楽にこなせる。近頃魔物の活動が活発になっているらしく、依頼にはこと欠かない。

それで小銭を稼ぎながら俺は銀相場をチェックし続ける。

一ヶ月は経っただろうか。銀は二割ほど価値が上がった。

銀が儲かるという話が出始めているようだ。

加えて知り合いの鍛冶屋が銀をはじめとした鉱石の価格上昇をぼやき始めた。

いくら太陽神教でも不平不満を無視できるとは思えない。

更に一か月後、銀の価格が元値から三割上がった。

俺はそこで全てを売り払うことにした。

俄かに信じられない銀の上昇に過熱感が出ている。

これ以上は危険だった。知り合いが銀の売買を勧めてきたのが決め手だ。

高くなった銀は簡単に買い手がついた。金貨にして百枚は儲かったか。

儲かった祝いに、一本角の牛の魔物の肉で盛大にステーキを焼く。

全員が動けなくなるほど食べて、飲んだ。

アレクシアは酒に弱いが大分好きなようだ。

エルザは司祭だからかワインばかり飲む。アズは蒸留酒の匂いだけで真っ赤になってしまった。

それから数日後、鉱石の迷宮は解放されて都市の銀相場は一気に崩壊した。

俺は合掌しつつ、しばらくあの迷宮は無視だなと、メモをする。

集めていた情報も、それなりに量が増えてきた。

幾つかの迷宮が同じように太陽神教に占領されたらしい。

連合国の銀相場は変化がなかった。迷宮の銀が運び込まれなかったのだろう。

加えて大陸全体のダマスカス鋼の価格が少し上がっている。

領主は最近表に出てきていない。子供が代理で出てきているようだ。

気になるのは、その領主の子供が熱心な太陽神教の信徒だということだ。

噂でしかないが、関税の砦も太陽神教は素通りしているという話もある。

……王国中枢の耳に入るとまずいだろうな。

ここまで大きな話になると一介の道具屋にできることはあまり無いのだが。

領主に関しては気に留めておこう。

冒険者組合に寄り、新しい依頼を物色することにした。寒気の影響で依頼が少ない。

目ぼしい依頼が少し先だったこともあり、少しばかり休息をとらせる。

「せい、やぁ、とぉ！」

随分と寒くなった朝に裏庭でアズの掛け声が響く。

剣の振りが最初に比べれば随分と見違えたものだ。剣の振り下ろす先は薪割りなのだが。

アズが今日の素振りを始めるところだったので、ついでに薪割りをさせている。

家で使う分ではなく、商品として売る薪の束を作るためだ。

アズの訓練もできて、売り物も用意できる。一石二鳥だ。

アズは最初こそ戸惑っていたものの、良い訓練になるのか集中し始めると流れるように薪の山を作っていく。薪は煮炊きも含めて一年中需要があるが、今の時期には人気の商品だ。

燃える石が高いと感じる層によく売れる。

アズは休まずずっと薪割りを行っている。

最初に買って引き取った時から考えるとずいぶん変わった。

今も少女らしい体つきではあるが、最初の貧相な肉体からは考えられないほどに引き締まった筋肉が見える。

剣を振る様はまるで一流の剣士のようだ。これは流石にひいき目が過ぎるか。

しばらくアズの様子を眺めつつ、薪の山ができる度に結んで束にし、倉庫に運び込む。

割る薪が無くなり、アズも流石に体力が尽きたのか大きく息をしながら座り込んだ。

俺は飲み物を渡してやる。

「ありがとうございます」

アズはそれを受け取り、喉を鳴らして飲んだ。

「俺の手を少し握ってみろ」

俺はアズの方へ右手を伸ばす。アズは俺に言われた通り、右手同士で握る。

高い体温を感じる。ぐっと俺が力を入れるが、ビクともしない。

まるで岩を握るかのような硬さを感じた瞬間、強い圧力が右手にかかるのを感じた。

「十分だ」

「はい。ごめんなさい、大丈夫ですか」

「問題ない」

少し痛いほどに握られたのを確認して手を放した。

冒険者としての活動で魔物を倒し、鍛錬を重ねることで既に俺よりもずっと強い力が身に付いたようだ。

冒険者は魔物を倒して強くなる。という話は正直半信半疑だったのだが……。

いくらアズが一人で鍛えてもここまでの力が付くとは考えられない。

この調子で強くなってもらいたいものだ。もっと強くなったら俺も連れていってもらうか。

いやダメだな。危険すぎる。やはりこいつらにだけ行かせるべきだ。

俺達のやり取りを見ていたエルザがクスリと笑う。何がおかしいのか。

修道院で畑の世話をしていただけあって、エルザに任せてから畑の野菜の収穫が良くなった。

昼食に使う葉野菜を幾つか回収して調理場へ向かう。

道具屋は従業員に任せていれば大丈夫だ。

キッチンに向かうと、アレクシアが魔石に魔力を込めていた。

ご苦労、と声をかけるとぞんざいな返事が返ってきたのでけつを揉んでやると血気盛んに抗議してきた。

「信じられないったら！」

俺はうるさいアレクシアを黙らせ、次の魔石の補充に向かわせる。

他二人とは違ってまったく元気なやつ。火の魔石は上限までキッチリと魔力が補充されている。

仕事は手を抜かない。その辺はやはりプライドがあるのだろうか。

元貴族も今は扱き使われる奴隷だ。

俺は保冷庫から鶏肉の塊を取り出して、葉野菜と米と共に下ごしらえする。

丸鍋で手頃な大きさに切った鶏肉と野菜と米を一緒に煮る。

味付けは塩とハーブと乾燥させた根野菜だ。

寒気の時期に出回る乾燥させた根野菜は種類も豊富で、味わい深い。

この辺りではよく作られる丸鍋で作る鶏肉と米の料理は、家庭ごとに入れる根野菜が違うので家庭の味といえる。

かなりの量だが、三人と俺が食べるとまず余らない。

アレクシアが三人前、アズとエルザが二人前。そして俺の分、だ。

食費が馬鹿にならない。俺の趣味と実益も兼ねているから構わないが。

最近は冒険者業の収支もかなり上向いてきたので経費として考えれば許容範囲だ。

エルザには聖水と癒しの奇跡による副業、アズには雑用、アレクシアには魔石の魔力補充や生活魔法をやらせているから、意外と金には余裕がある。

そうして日々を過ごして迎えた次の依頼は隊商の護衛任務だ。

この任務は実績がなければ受けられないので、ようやくここまで来たという感じか。

護衛依頼は拘束時間が長く、何が起きるか予測が難しい分報酬は高い。

倒した魔物なんかは半分の取り分が貰えるし、積み荷が全て無事ならボーナスで追加の報酬も貰える。

注意事項等はあらかじめ説明し、三人を送り込んだ。

今つけさせている奴隷の証であるブレスレットは、知らない者からすると装飾にしか見えない。

奴隷を見せびらかしたい奴はわざわざ分かるように首輪をつけたりするようだ。

だが俺はあいつらが俺の言うことを聞いて稼いでくれればそれでいい。

後は吉報を待つだけ……だったのだが、奴隷達が旅立った次の日領主の息子がとんでもない御触れを出して俺は頭を悩ませることになった。

なんでも街の中心に大きな太陽神像を建てるので住民から金を接収するとのことだ。

逆らえば領主に対する反逆扱いで資産没収だという。

ふざけた話だ。店を持つ商人はより多く。金貨にして数十枚は出せという。

御利益があるから太陽神教信徒かどうかは関係なく、恩恵がある。

素晴らしいことだと触れ回っているらしい。

バカ息子なのは間違いないと踏んでいたが、まさかここまでやるとは。

止めるやつは居なかったのか？

いや、ひょっとすると周辺を太陽神教の関係者が固めている可能性もあるな。

金は払うしかない。代理とはいえ領主の判が押されている以上は効力がある。

これは商人達の連名で抗議するべきか。知り合いの商人へ急いで文を出した。

……そして今、俺は牢屋に居る。どうしてこうなったんだ。

「ご主人様が牢屋？」

家への帰路に就いたのは護衛に旅立って凡そ二十日後だった。

依頼主の隊商は複数の護衛パーティーを雇い、危険だが早く到着するルートを選択した。

こっちは問題なかったのだが、もう一つのパーティーが明らかに基準に達しておらず、実質うちのパーティーだけで護衛をする羽目になった。

こっちが女性のみのパーティーだと分かると、もう一つの男だけのパーティーは自分達が弱いにもかかわらず難癖（なんくせ）をつけ始め、アレクシアが大激怒してしまった。

アズも不快だったが、エルザに至っては怒りが過ぎて笑う有様だった。

実力差が激しかったため、威嚇（いかく）だけで相手は引き下がった。

隊商も呆れてしまい、足を引っ張るばかりの連中は道中で引き返させてしまった。

幸い強力な魔物には遭遇せずに済み、難なくこなして目的地へと到着した。

拓けた場所ならば、速さを十二分に活かせる。

祝福で強化された上で突っ込むことで相手の気を引き、アレクシアがそこに魔法をぶち込むだけで勝てる。

隊商の荷も損傷が無かったため、満額とボーナスに加えてもう一つのパーティーの取り分も受け取ることができた。

かなりの額だ。ある程度の日数を拘束（こうそく）されるが、この報酬なら定期的に受けるだけでそれなりの財産になるだろう。

　もっともいくら稼ごうと、準備は良いが強欲な主人が全て持っていってしまうのだが。

　帰り道は帰り道で、例の帰らされた冒険者達が盗賊と合流して待ち構えており、いやらしい視線で嬲ってきた。それに一番反応したのはアズだ。

　奴隷であると強く認識しており、だからこその立場に安堵している。

　傷モノになれば主人はどう思うだろうか。要らないと思うかもしれない。

　ようやく信頼してくれていると感じた今、それを崩されることは許容できない。

　エルザが祝福をかける前に動いた。

　盗賊の一人の首が舞う。

　初めての殺人であったが、激情の中でそのことは些事でしかなかった。

　蒼い目が敵を見据える。その目には冷え切った殺意が滲んでいた。

　冒険者達は腰を抜かしながら慌てふためいて逃げる。

　盗賊達は既にアレクシアに焼かれていた。

　追いかけて殺そうとするも、エルザが引き留めることでようやく正気に戻った。

　アズはあまりにも純粋すぎる。

　生い立ちから考えれば仕方のないことではあったが……エルザが精神を安定させ

る奇跡をアズに唱えると、アズは剣を地面に落としてエルザにしがみついた。

アレクシアはその様子を眺めていた。アズは随分とちぐはぐだ。

アズの強さはもはや並ではない。アレクシアに比べればまだ弱いのだが、この前までただの村娘だったとはとても思えない。

過保護な主人による準備があったとはいえ、この成長速度は凄まじいものだ。

誇っていい。だというのに、あの調子のいい道具屋をアズは信奉しきっている。

境遇が人間を作るというが……、親から捨てられたが故に親代わりの主人に依存してしまうのだろうか。

そこまで思って、アレクシアは自分も境遇は変わらないなと気付いて呆れてしまった。

帝国にもう帰るべき家はない。アズのように夢に浸れるならば、その方が幸せだろう。

それからなんとか皆で家に辿(たど)り着いた。

そして店の従業員からその主人が牢屋にぶち込まれたと聞いて、生涯出したことがないため息を出すことになった。

冒険者ギルドや店の従業員から詳細を聞いて頭を抱える。

あの主人はあくまで商人であり、そして若造だ。

老練な商人は政治をよく理解しているのだが、若い商人はその辺りがイマイチピンと来ていない。

優秀な方だとは思っていたのだが、まさか領主の息子に目を付けられるやり方で抗議をしてしまうとは。教育しなきゃいけませんわね、と心の中でメモをする。

幸い店は従業員だけでもしばらく回るようだ。それはそれでどうなのだろうか。

アズは半狂乱になってしまったので気絶させて黙らせた。

エルザは落ち着いている。アズはその人となりは少し歪だがよく分かる。

しかしアレクシアから見てエルザは……いや恐らく主人やアズから見ても同じ感想だろう。

この司祭は何を考えているのか分からない。

大陸から消え去ったはずの創世王教の司祭。その精神性には超然としたものさえ感じる。

「どうします？」

「どうもこうも、行くしかないでしょ。私達はあれの奴隷なんだから」

「ふふ。そうですね。お任せしても？」

「分かってるわよ。これは私の領分だわ」

「腐ってもお貴族様ですね」

「ええ、どうせ国から身代金も払われなかった元貴族よ」

情報は揃っている。立場は奴隷という身分だが、手持ちの資金はある。

これは政治的問題だが、幸いにして相手は領主代理に過ぎない子供だ。

これならばやりようはある。帝国の社交界は魑魅魍魎(ちみもうりょう)の住処だ。

それに比べれば、搦手(からめて)が通用する相手など怖くはない。

「なんでこんなできる娘なのに奴隷になっちゃったんでしょう」

「……気付いた時には味方がいなかったの」

「それはそれは。まあ仕方ないですね」

アレクシアはエルザに食ってかかる。

抗議の後に牢屋に入れられて数日。
未だに捕まっている。他の商人達も捕まったようだが、もう釈放されたらしい。
兵士に話しかけても無視され、最低限のひどい食事と僅かな水で弱り切っていた。
奴隷達はどうなったんだろうか。そろそろ帰ってきていてもおかしくないのだが
……。
店も気になる。そんな中で、牢にぶち込んだ張本人である領主の息子と対面した。
「おい、そこの男」
数人の男を引き連れた青年が牢の前で俺を呼んだ。
顔を上げると、随分と偉そうな青年と目が合う。
「お前が抗議した商人を集めたそうだな。すぐ処刑しなかっただけありがたいと思

え」

「そんな。私はただ」

「口答えするな！」

ひとまず弁明しようとしたところで遮られた。短気な性格か。まずいな。

「私が父上の病気と領民の安寧のために、最も優れたアイデアとして太陽神像を造ることを思いついたというのに。金を渋る者ばかりだ。ふざけおって」

「まぁまぁ。ケイン殿。崇高な考えは凡人には分かりづらいものです」

そう言って宥めているのは老境に差し掛かった男の司祭だった。

太陽神教のロザリオを首からぶら下げており、いかにも温和そうな空気を放っていた。だがこういう手合いほど腹の中はどす黒い。

「そうだな。全くだ。父上も耄碌して私の言うことは聞いてくれぬし」

ケインと呼ばれた領主の息子は司祭に宥められるとすんなり落ち着きを取り戻した。

随分と素直じゃないか。

他の男達は身なりからして騎士のようだ。

だが領主に仕える騎士には見えない。

領主の紋章が鎧のどこにも刻まれていない。

胸の鎧に刻まれているのは太陽神のシンボルだ。神殿騎士か。

つまり領主の息子であるケインの周りを固めているのは太陽神教の連中ばかり。これは領主の家が乗っ取られているのでは？

「ちっ。道具屋。貴様、最近中々羽振りがいいそうだな。商人達を煽って寄付をサボろうとした罪は重いぞ。そうだな、貴様の財産を――」

そこまで言ったところで、伝令がやってきてケインに耳打ちをする。

予想しなかった内容だったのか、ケインは俺を睨みつける。

「貴様……どうやって枢機卿猊下と。私ですらなかなか会えぬのに」

何の話をしているのだろうか。俺の財産をどうするつもりだ。

ケインが忌々しそうに牢を蹴る。

「喜べ。お前は解放してやる。枢機卿猊下がお前に慈悲をかけてくださったぞ」

牢屋のカギが開けられ、何が何やら分からぬまま俺は連れ出される。

どうやら太陽神教の枢機卿が俺を出すように指示したようだ。太陽神教の伝手はない。

枢機卿と言えば太陽神教のかなりお偉いさんだ。誰ともやり取りしたこともない。

不思議そうにする俺を兵士達が乱暴に連れ出す。

ケインは当然として、老司祭も俺を見ていた。蓄えた髭をさすりながら、獲物を見るように。

「出ろ」

拘束を解かれ、領主の屋敷から追い出された。兵士は俺を追い出すとさっさと門を閉める。

状況が分からぬまま、俺は少し突っ立っていた。

疲労がひどい。状況も分からない。なぜ俺は釈放されたのか……。

そんな俺に声をかけてきたのはアレクシアだった。

「居た。予定通りね」

「酷いありさまね」

「帰っていたのか」

「ええ。他の二人も無ことよ。髭も生えてるわね」

アレクシアは俺の顔色を見るために顔を近づけた。

整った顔が見えた。

「顔色もあまり良くないわね。とりあえず帰りましょう」

「一体どうなっているんだ？もしかして何かしたのはお前か」

「種明かしは後よ。ここにずっと居たらあらぬ疑いをかけられるわ」

アレクシアの言葉に従い、移動する。

俺が弱っているのを察して肩を貸してくれる。……随分と見違えたような気がする。

自信というか、気力があるというか。そういったものをアレクシアから感じた。

アレクシアから良い匂いがする。なんとか自宅に到着した。店は問題なく営業している。

まったく優秀な従業員達だ。品物が随分減っていたので仕入れをしなければ。

部屋にはアズとエルザもいた。アズが俺に近寄ってきたが、寸前で匂いに気付いて足を止めた。

着替えられなかったからな。だからといって鼻を摘まむんじゃない。

「お風呂は沸かしたから入ってくれれば」

全く敬意を感じないが、奴隷であるアレクシアから気遣いは感じる。

俺はその言葉に甘えて風呂に入り、髭をそり、身支度を整える。

部屋に戻るとエルザとアレクシアが待っていた。遅れてアズが温かい粥を持って部屋に入る。

「あ、あの。どうぞ」

「お前が作ったのか？」

「は、はい。頑張って作りました」

俺はアズの頭を撫でる。粥はやや熱いくらいだ。添えられたソーセージがうまい。粥も僅かに塩気があり、ろくな飯を食べられなかった俺はすぐに平らげてしまった。

食後にエルザから果実の入った水を貰う。ようやく人心地が付いた。

この果実は庭の奴だな。素晴らしい酸味だ。

「無事依頼が終わって帰還したのは分かる。だがどうなっているんだ」

そう言った俺にアレクシアは人差し指を左右に振る。おいおい子ども扱いかよ。

「説明するわ。奴隷からご主人様にね」

「感謝しなさいよね。私達奴隷に」

アレクシアはそれなりにある胸を張り、両腕を組む。

偉そうだなこいつ。だが今回はアレクシアのお陰で窮地を脱することができた。

とりあえず黙って聞く。

「まず商人と領主の力関係を分かってなさすぎますわ」

そう言って俺を指さす。

「いやいやそれくらいは」

「黙って聞く！」

最近こんなのばっかりだ。俺は諦めて聞き役になる。

「分かってないからこうなってんの。ご主人様、あなたね。領主から見たら真っ先に鬱陶しいって思われることとしたの」

アレクシアがガラスのコップに水を注いで、一気に飲み干す。

「領主……まぁ貴族と言い換えてもいいわ。貴族は帝国だって王国だって本質は変わらないわ。青い血は面子が大事なの。商人風情に表立って文句を言われたくないのよ」

「だから俺が捕まったのか？」

「そうよ。集めたのはあんたなんだから、真っ先に狙われるの。見せしめにされたと思うわ」

「見せしめ、か」

「あのままなら財産召し上げの上で処刑ね。感謝しなさい。私達に。というか私達だってどうなっていたか」

「俺はただ無駄なモノに金は払えないって意見を伝えたかったたんだが」

ため息をつく。

のってこない商人仲間が多いと思ったんだよなぁ。

「方法を考えなさいよ。なんで正面から言うの。商人の武器は頭とお金。貴族の武器は地位と権力よ。金に困ったら裏で頭を下げても表では絶対下げない」

「元貴族が言うと説得力があるな」

「うるさいわよ。悪かったわね。貴族の地位を失くした元貴族令嬢で」

アレクシアが鼻を鳴らした。

「俺がヘマをしてあのガキを刺激したのは分かった。迂闊だった。だがどうやって俺を釈放させたんだ？　とてもじゃないが奴隷の話を聞くような相手じゃなかったんだが」

「あの領主の息子が言うことを聞く連中は居るでしょ、あいつの取り巻きはどこの誰だった？」

太陽神教か。

そういえば枢機卿がどうこう言ってたな。なぜあの場でそんな話が出るのか不思議ではあったのだが。

「本来は貴族にとっては宗教……それも太陽神教なんて国を伴った大きな宗教組織は目の上のたんこぶなんだけどね。帝国でも若い貴族が太陽神教に懐柔（かいじゅう）されていることは問題になっていたわ。ここも同じなんでしょう」

「なるほど」

確かにズブズブな関係だったなあいつら。

太陽神教の像を領民の金で建てようなんていかれたことをするくらいに。

「太陽神教の内情についてはエルザが結構詳しかったわ。敵対してるだけあってよく調べてるのね」

「いつかはお返ししようと思ってましたからねー」

エルザはいつもの笑みで返事をした。何を返すつもりだ。積年の恨みか。

アズは話についていけずに舟をこいでいる。和むなぁ。俺もそっちに行きたい。

ダメか。

「あ、先に言っておくわ。今回の依頼料は無いから。銅貨一枚もね」

「なに？　うまくいったんじゃないのか」

「ええ、トラブルがたくさんあったけど上手くいったし、臨時収入もあったわ」

「なんでそれが無くなるんだ」

「あんたのせいでしょ、ご主人様ー！」

　アレクシアに吼えられた。ああ耳が、耳が……。

「まぁ、賄賂を渡してなんとか枢機卿にたどり着いてお布施を包んだのよ。少ない額じゃ話にならないから今回の利益、依頼料丸ごとね。それなりの額だったし太陽神教は今お金集めに精を出してるからなんとか話が付いたわ」

　太陽神教の枢機卿が多額のお布施を受け取ったから、気を利かせて俺を助けるように指示を出したというわけか。

「俺を助けるとは限らないんじゃないか？　そのままポッケに入れれば良いだけだし」

「そんなことしないわよ。次のお布施だって向こうは欲しいの」

「信仰で腹は膨れないってわけか。今回はそれに助けられたから文句は言えないな」

「ええ。あの連中の懐に金が入るのは不愉快極まりないですが、私達にはご主人様が必要です。奴隷に権利はありませんから、ご主人様が死ねばどうなるか」

　その言葉にアズが目を覚まして動揺した。

「し、死んじゃダメです」

アズが見た目からは考えられない力で俺の服の襟首を揺すり、世界が回る。

「いや生きてるから。大丈夫。今回はとりあえず助かったみたいだ。ありがとうな」

「私のためだから構いませんけど」

「良かったですねー。良いご主人様みたいですし、長生きしてくださいね」

俺が想定していたよりもあの状況はまずくて首の皮一枚だったようだ。

領主の代理とはいえ、平民一人どうこうするのは簡単というわけか。

少し認識が甘かったな。奴隷達が居なければあのまま終わっていた。

俺は棚からワインを出して直飲みする。いまさら背筋が寒くなってきた。

「飲みすぎよ。後は寄こしなさい」

「好きにしろ……眠い」

アレクシアにワイン瓶が奪い取られる。疲労からか眠い。

まったく最悪の体験だったぞ。まさか奴隷達じゃなく俺が危険に陥るとは。

寝よう。対策は明日から考える。

爆睡していたのだが二日酔いになって頭痛で目が覚めた。

奴隷達は部屋に戻ったようだ。今回は完全に油断していたな。

最近調子が良かったから、というのは言い訳か。

しかし奴隷に助けられるとは。予想もしていなかったが、奴隷であっても彼女達は人間だ。

自分の意思がある。そのことを再認識した。

儲けが無くなったのは少しばかり残念だがな。いや、この程度で助かったと言うべきか。

それから結局、本来支払うはずだった額の三倍を徴税官が取り立てに来た。

非常に高額ではあったが、流石にこれ以上目を付けられるわけにはいかない。

満額支払うことで、とりあえず穏便に済ませることができた。

流石の俺も痛い目にあって反省した。

そして資金調達が終わったのか、ついに街の中心の広場に太陽神像が建設され始める。

素材にはどうやら鉱石の迷宮からとれるあの黒い石が使われるようだ。

まったく忌々しい。太陽神像……か。正直神々しさを感じるよりも少し不気味なんだよな。

だが太陽神像建設にあたって職人が集まったため、少し景気が良くなった。

日用品や弁当などがよく売れるようになり、それなりに店も忙しい。

店を担保にした金まで少し使ってしまったため、いつも通りではあるがアズ達三人には稼いでもらうことになる。

幾つか依頼をこなさせながら素材の相場を確認していたのだが、今は風の素材が大きく値上がりしているらしい。

風の魔石をはじめとした素材の取引が活発になっている。

原因は……なるほど、土の迷宮の内部が拡張したらしく冒険者の中でお祭りになっているようだ。新しい魔物、新しいお宝、新しいボス。

土の迷宮は文字通り土の元素の素材が手に入るのだが、出てくる魔物は全て土の属性を持つ。

その上で土に対して効果的な属性は風だ。

土の迷宮を攻略するために風の属性を持つ武器や防具の需要が高い。

風魔石や風のエレメンタルは加工して武具にできるからな。

土の迷宮には勿論俺も興味があるが、今は手堅く稼ぎたい。

風の迷宮の素材は間違いなく売れる。

風に効果的なのは火の属性だ。アクレシアのメイン属性も火だし向いている。

早速アズ達を呼ぶ。

第四章　凰の迷宮

俺の部屋でカーペットに座る三人と俺。この構図も久しぶりだ。

「えー早速だが、次に行ってもらう迷宮が決まった」

「はい。どこですか？」

「風の迷宮だ」

それを聞いたエルザは少し思案する。

「属性の迷宮ですか」

「そろそろ問題ないだろう。今回の目的は風の素材集めで迷宮攻略ではないしな。勿論進行によっては攻略してもらうが」

「まぁ、そうですね。属性の迷宮は中級としては難易度が高いですけど、代わりに属性による相性次第で楽になりますから」

「そうだ。今回は予算の都合でこれだけ用意した」

そう言って三人の新しい衣装を見せる。火の属性を付与された衣装だ。

赤を基調とした服になっている。

「相変わらず準備は良いわね……。私は武器に自分で付与できるけどアズの武器はどうするの」

「下手な武器を渡すよりは今の武器を使う方が良いだろう。良い性能の属性武器は高いんだ、元が取れなくなる」

「分かりました。この剣なら大丈夫だと思います」

アズの元気な返事が気持ちいいな。頭を撫でてやる。

そして早速服を着替えさせる。

「奴隷だから文句は言わないけど、着替えを眺めるって……。ご主人様、親父趣味じゃない」

「うるさい役得だ」

服はよく似合っていた。

特に赤いバトルドレスを着たアレクシアは中々見栄えが良い。流石の着こなしだ。

アズも最初に拾った頃より少し成長してきたな。発育も良くなったし背も伸びた。

これは食生活が良くなったからか？

俺の視線に気付いたエルザが胸を強調する。

プロポーションが一番良いのはエルザだな。さて、今回はひたすら迷宮との往復だ。

最初は様子見させ、どこまでやれるかを試すことにしよう。

さあ、儲けようか。


送り出されたアズ達はポータルと言われるアイテムの前に立っていた。

魔法道具の一つで、特定の場所と場所をつなぐアイテムだ。

移動距離が大きく短縮できるのだが、危険も大きいため置く場所の規制はかなり厳しい。

　一日の使用回数が決められており、移動手段としては優秀だが用途は限られている。身分が保証されていなければ使うこともできない。

その代わり身分が保証されていれば奴隷でも使える。

風の迷宮は歩いていくには遠すぎる。

王都の衛星都市から近いため、ポータルを使って三人は王都に移動してきた。

「王都って初めてです。人がたくさんいるんですね」

アズは目を輝かせる。

元々いた都市ですら都会に見えたが、王都ともなればもはや未知の世界だ。

「そうねー。相変わらず栄えてるわ」

「帝国の首都の方が凄いわよ。今度アズにも見せてあげたいわ」

アレクシアの言葉にアズが反応する。

「本当ですか？　ご主人様は許してくれるでしょうか」

「依頼があればすぐ許可するわよ。あの銭ゲバ主人は」

「あははー、間違いないですね」

三人は早速宿をとり、すぐに風の迷宮へと出発した。

風の迷宮は混雑していない。

王都から衛星都市を経由して風の迷宮に来たが、多くの冒険者達はこと前に聞いた通り土の迷宮に向かっているようだ。その冒険者達に需要があるのがここで手に入る素材一覧だ。

迷宮へいざ入ろうという時、アレクシアが口を開く。

「いつも思うのですけど」

「何ですか？」

「金に関してはあの男、嗅覚が利きますわね」

「そうなんですか？　私にはあんまり分からないですけど」

アズが頭を傾げる。実際のところアズは自分でお金を扱う経験が少ない。

奴隷になってからの方がよほど身近だ。

お金は主人から貰い、市場や店で買い物をする程度の認識だ。

「普通の人間なら、装備が整ってなくても土の迷宮に行きますわ。だって拡張されたばかりの迷宮はおいしいんですもの」

「実際皆あっちに行ってますねー」

「そうね。でも私達は風の迷宮にいる。相場は私も確認しましたが、今ここは堅実に稼げますわ」

話しながら中に入ると、迷宮の中は思ったより明るい。

全体的に緑色の色調をした壁が奥へと続いている。

しばらく通路を歩くと小部屋に到着し、また通路が続くという構造をしている。

話してる間に風を纏った球体が向こうから飛んできたので、アズが一刀両断する。

球体は霧散し、小さな緑色の石が落ちた。アズがそれを拾い、上に掲げてみる。

鈍い緑色の石で、持った手に僅かに風を感じる。

「わ、凄い。風が出てますよこの石」

「風のエレメンタルね。といっても品質はダメだけど」

「ダメなんですか……」

「魔石もエレメンタルも、良いものはもっと奇麗よ。宝石のようにね」

「楽しみですね」

アズは拾ったものをリュックに詰める。

「まだ入口だから仕方ないわね。事前情報だと、三階層以降から採れる魔石やエレメンタルが活発に取引されてるみたいね。屑石も数を集めれば売り物になるわ」

「それじゃあどんどん行きましょうねー」

「魔物の察知はやっておくわ」

エルザが先導する。今回はエルザが火の属性を持つ盾を片手に装備している。

アズは体格と戦い方の関係で盾は向いていない。

ゴブリンや、ネズミの魔物などさほど脅威ではない魔物をなぎ倒しながら移動する。

小さい風の魔石やエレメンタルをアズが拾ってはリュックに入れる。

そして二階層に辿り着くと広い部屋に出る。

そこでは密閉された建物であるにもかかわらず、風が渦巻いていた。

不思議な場所だ。風の迷宮という名前の示す通り、風の元素が強いのだろう。

二階層からは出てくる魔物も変化する。中には小さな魔物もいた。

「痛いっ、あれ？　あいたっ」

アズが周囲を見渡すが、何もない。

しかし何かが当たり、その度に痛む。ついには剣を持ってくるくると回り始めてしまう。

アレクシアは右手の人差し指をアズへ向け、僅かな詠唱を終える。

そうするとアズの周りで幾つか小さな火の手が上がり、すぐに燃え落ちる。

「きゃっ!?　なんですかこれ」

「虫の魔物ですわ。小さすぎて見えづらいですけど」

「虫ですかぁ……」

アズは過去の記憶を思い出し、げんなりとした顔をする。

「まぁ、今の通り弱いし放置してもちょっと痛いくらいよ」

「虫、特に虫の魔物は嫌いです……」

「ほらアズちゃん見て見て」

エルザが盾を空間に向かって突き出すと、盾の表面が燃える。

「そんな簡単に倒せちゃうんですか」

「面白いわよねー」

「ほら、行きますわよ」

二階層の敵は風の元素を持つ虫の魔物が多く、アズは半ばやけになって剣を振り回す。

アズの剣は軽々と虫の魔物を斬り裂いていく。

蝶の魔物が近づく。蝶ならまだマシと思っていたら、鱗粉を撒かれて眠ってしまう。

アレクシアの火球の魔法で蝶の魔物は薙ぎ払われていった。

「うぅ、痛いです……」

眠ってしまった際にできたたんこぶをアズが押さえる。

「治してあげますからねー。ふふふ」

「笑わないでくださいよ、エルザさん」

アズは笑われて拗ねる。

エルザの癒しの奇跡により、たんこぶはすぐに引っ込んで痛みが引いた。

「ありがとうございます！」

「アズちゃんはいい子ねー」

エルザが思わずアズを抱きしめる。

「あわっ、苦しいですよ」

「ほらほら、まだ休憩には早いわよ」

アレクシアが手を叩いて先を促す。蝶の魔物は真っ先に対処することにした。

「あれ？」

「アズ、どうしたの？」

アズが複数の蝶の魔物を一掃し、小さい風の魔石を拾った後に立ち尽くすのを見てアレクシアが声をかける。

「いえ、あの……剣と繋がってる感覚がするんですけど。何なんでしょうか」

「あら、なるほどね。そろそろかと思ってたけど、やっぱり成長が早いわ」

アレクシアは感心する。

一方アズは何が何やら分からず、不思議な感覚を持て余していた。

「魔力が基準値を超えたのよ。今までは少なすぎたから剣に魔力を流すこともできなかったんだけど、それが増えたのね。おめでとう」

「やりましたねー」

「そうなんですか？」

「多分剣による斬撃の威力が上がってるわ。丁度三階層だから、試し斬りしてみましょう」

アズは分かったような分からないような、そんな顔をして頷く。

だが、強くなったならうれしい。更に主人の役に立てるのだから。

階段を下りた後、三人は広場になっている場所へ出た。

そしてアズは封剣グルンガウスを構える。美しい剣身が灯りを映す。

主人から手入れのやり方を教わって以来、きちんと大切に扱ってきた。

手に入れてからずっと使い続けており、随分とアズに馴染んでいる。

当初は重さに振り回されており、振るう度に体勢が崩れたものだが。

今では使いこなせている。

灰王の剣技を真似してから体幹が鍛えられ、魔物を繰り返し倒すことで能力が大きく上昇した。

その封剣グルンガウスに、先ほどからアズと魔力的な繋がりが生まれている。

アレクシアの索敵に魔物が引っかかる。通路から魔物が向かってきているようだ。

「来るわよ。三匹」

試し斬りのため、アズ以外の二人は後ろに下がる。

アズは剣を大きく一度振って、右手を高く上げて剣先を通路へ向ける。

灰王の構えで魔物を待った。すると、こちらへと走ってくる足音が聞こえてきた。

こちらに走ってきたのは風を纏わせた三匹の狼の群れだった。

普通の狼よりも速い。階層が進み、強くなった風の元素により強化されている。

三匹は連携し、アズを囲むように回り込んで先頭の一匹が噛みついてくる。

アズは剣をそのまま狼の口へ突っ込む。

狼に当たった瞬間、封剣グルンガウスにアズから力が流れ込んだ。

剣が狼の口内を貫いた後に奥まで突き抜ける。

次に後ろへ回り込もうとした狼の首を袈裟斬りにし、残った狼が腹を噛もうとしたので横へ跳ぶ。

牙のぶつかる音がした後、隙だらけの腹を斬った。

血が滴る。剣を振って血糊を飛ばし、体についた血を拭う。そしてアズは剣を見つめた。

「凄い。斬った感触が軽いです」

「良いじゃない。それなりに強そうな魔物だったのに」

「囲まれたのに余裕だったねー」

「はい。でも少し疲れますね」

アズは何度か剣を振り回す。

「アズの魔力はようやく最低限の量になっただけだから。使うか使わないかを切り替える意識をしてみなさい」

「は、はい」

アレクシアの言葉に従って、剣に集中してみる。

感覚でしかないが、確かに剣の中で何かが切り替えられる感触があった。

それを切り替えて魔力を絶つと、先ほど感じられた剣との繋がりが消える。

戦闘の後に少しだけ感じていた倦怠感が和らいだ。

「魔力の使い過ぎは気をつけなさい。動けなくなるから」

「切り札ですねー。アズちゃん可愛い」

「早く常用できるようになりたいです」

「この調子で魔物を倒していけば、そう遠くはないかな。アズは成長が速いし、あの主人は私達を扱き使うし」

「あはは……そうですね」

それから狼の居た場所に落ちていた石を回収する。魔物は迷宮に吸収されてしまったようだ。

拾った石は風のエレメンタルだった。一階層で拾ったエレメンタルとは大きさも輝きも違う。

「これなら良い値がつきそうですね。透き通っていて奇麗です」

「属性のエレメンタルは装飾にも使われるから。魔石と違って加工しやすいし」

「どんどん行きましょう～」

三人は風の迷宮の三階層を進んでいく。

今回は別の依頼も受けていないので進む速度が速い。

主人曰く今回は納品系の依頼を受けると売れる額が固定されるから受けないとの

ことだった。

遭遇率が高い敵の種類は狼で、次に手の平ほどの大きさがある蜂が襲い掛かってくる。

狼はアズとエルザが対処し、巨大蜂はアレクシアが魔法で焼いた。

奥に進むほど蜂の数が増えていく。

「これ巣があるんじゃない？　潰しておきましょう」

「数が増えてますもんね。針が大きくて怖いです」

二手に分かれる道が現れる。

アレクシアは索敵すると、右手側の通路から大量の魔物の気配を感じ取った。

「右ね。多分大きな部屋があるわ。私が魔法を唱えるからそれまで持たせて」

「はーい」

「分かりました」

右手の通路へ進む。

巨大蜂が侵入を防止しようと向かってくるが、速さはあっても動きは単調なためタイミングを合わせれば倒すのは難しくない。だが、奥に進むほど数が増えてくる。

アズがひたすら巨大蜂を迎撃し、エルザが抜けてきた蜂を叩き落とす。

足元に落ちる魔石を拾う暇もない。

「多くないですか!?」

「多いわよ！　広場が見えてきたわ。あそこまで行けたら魔法をぶっ放すから頑張って」

「楽しいですねー」

「楽しくないですよー！」

アズの腕が限界に達しそうな頃、ようやく広間に踏み込んだ。

中には人一人が収まるほどの大きさがある蜂の巣が鎮座しており、その周辺を巨大蜂が旋回している。

巣の中では幼虫らしき姿がうねうねしていた。

植物の蜜もないのに不思議な光景だが、魔物相手に考えても仕方ない。

「魔力は十分。行くわ、ファイヤー・ストーム！」

広間の全てを火の暴風が襲う。熱気だけでアズが思わず後ろへ下がった。

巨大蜂や巣が火に巻かれて燃え落ちていく。

「来た来た。これだけ一気に倒すと力の上昇が実感できるわね」

「魔法ってやっぱり凄いですね。私にもできたりしないですか？」

「戦士として強くなった方が良いと思うけど。ま、いいわ。暇なとき教えてあげる」

「やったぁ！」

「二人とも。まだですよ」

エルザが収まっていく火の風の奥を見る。

そこから出てきたのは……一匹の熊だった。

体毛の先が燃えているが、熊の咆哮で残り火が全て消え去る。

「怒ってますね」

「まぁ、そりゃあね」

「怒りますよねー」

くすんだ赤色の体毛をした熊の魔物は、燃え崩れた蜂の巣を右手で持ち上げる。

しかし、既に崩れかけた蜂の巣は脆くも崩れ去ってしまう。

蜂の世話になっていた熊の魔物は、大きく慟哭した。

凄まじい声は広い空間の中を振動させる。

「ちょっと、私が悪いことをしたみたいじゃない」

「まぁ、熊さんにとっては食べ物が目の前で燃やされちゃいましたから」

「うるさいわね。弱肉強食でしょ」

アレクシアがそう言いながら再び詠唱を始める。エルザはアズへと祝福をかける。

「アズちゃん、祝福を。それじゃお願いね」

「はい、行きます」

アズが前衛として前に出る。

熊の魔物は蜂の巣を燃やした犯人であるこちらを見ると、手を地面につけて猛烈な勢いで向かってくる。

アズは熊の魔物の突進を横に避け、腹へと斬りつける。
熊の魔物の体毛が剣から身を守るのだろう。剣が弾かれる。
熊は振り向くと、手を地面から離して立ち上がる。
アズの二倍の高さがある。横にも大きい。見ただけで凄まじい膂力があるのが分かる。
雄叫びと共に熊の魔物は手を振り下ろす。
速いが、アズはそれを目で見た後に回避する。
避けた後、風がアズへと吹きかける。アズの頬に傷がついた。
どうやら、攻撃を回避しても発生した風でダメージを負うようだ。
立て続けに熊の魔物は攻撃を繰り返してくる。
風ごと回避するために動作が大きくなり、回避しきれずに剣で受ける。
アズの体が大きく後ろへと弾かれた。両手に衝撃が残る。
力では勝負にならない。
アズは上手く勢いを殺して着地する。しかしそこへ向かって熊の魔物が突進してきた。
アズはそれをジャンプして回避し、熊の頭上から剣を振り下ろす。
先ほどよりも力を込め、首を狙う。封剣グルンガウスに魔力を通し、斬る。
体毛と共に首の表面をアズの剣が斬り裂く。僅かだがダメージが通った。

アズは着地し、灰王の構えを熊の魔物へと向ける。

熊の魔物はこちらを見るが、息が荒い。よく見れば目も血走っている。

先ほどのアレクシアの魔法によるダメージだろうか。

見た目はそれほどではないが、熊の魔物の内部にはそれなりに効果があったようだ。

熊は再び突進の体勢をとる。だが先ほどと違い、周囲が風で覆われ始めた。

風と共に熊の魔物が突進する。その大きな見た目では考えられないほどに速い。

アズは突進を回避するだけでは危険だと判断し、大きく回避することを選択した。

右に大きく跳び、熊の魔物を回避する。熊の魔物はそこで立ち止まるが、風はそのまま突進方向へ向かい壁に激突した。壁がえぐれる。

アズがもし正面から受ければ体がズタズタに引き裂かれていただろう。

アズの顔に冷や汗が流れる。

「下がって！」

アレクシアの声と共にアズが後ろへと下がると、熊の魔物よりも大きな火球が熊の魔物へと直撃した。

熊の魔物はそれを両手で掴むが、そのまま壁へと押し付けられ、体毛が燃えていく。

熊の魔物は焼かれながら渾身（こんしん）の力を込める。肉の焼ける音と匂いをさせながら。

ひと際大きな咆哮の後、熊の魔物は火球を握りつぶした。

火球は破裂し、火が熊の魔物を包む。焼けただれた熊の魔物が、息も絶え絶えに立っている。

アズはそのタイミングを狙い、心臓を突いた。

体毛が焼け、火傷(やけど)で傷ついた体であってもアズの腕力では貫くのが難しい。

封剣グルンガウスの力を借りてようやく心臓に剣が到達する。アズと熊の魔物の目が合った。

「ごめんね」

アズはそう言うと剣を引き抜く。熊の魔物は倒れ込み、その体が崩れ落ちていく。

残ったのは今までで一番大きく美しい風の魔石だった。

熊の魔物は手負いでもアズより強く、アズ一人で戦えばとても勝てる相手ではなかった。

アズは少しばかり速くなった鼓動(こどう)を鎮(しず)めるのに些(いささ)か時間が必要だった。

アレクシアの魔力が消費されたこともあり、少しこの広場で休憩することにした。

たくさん散らばっている風の魔石やエレメンタルの回収も行わなければならない。

蜂の魔物が落としたアイテムは小さいが質は問題ないそうだ。

拾いきると三人の荷物がほぼ埋まってしまった。

「少し休んだらもう帰りますか？」

アズが鍋に干し肉と薄く切った芋を入れてスープで煮ながら聞く。

芋が煮えたら完成だ。器に盛りつける。硬いパンに、先ほど手に入った蜂蜜を添える。

「そうね。モンスターハウスに当たったからすぐ一杯になっちゃった」

「いくらリュックが軽量化されていても女三人ですからねー。次は運び屋を雇いますか」

「運び屋ですか？」

熱いスープを息で冷やしながら、聞きなれない単語にアズが反応する。

「そう。臨時でパーティーに入れる人達なんだけど、戦わない代わりに荷物をたくさん持ってくれるの。普通に潜るよりたくさん儲かるわ」

「運び屋さんは危なくないですか？」

「一応自衛はできる人がやるんだけど、ちゃんとパーティーが守らないとダメだから危ないわね。人を選ばないと持ち逃げする人もいるし」

「えぇ……」

「安心しなさい。逃げたら燃やすから」

「それを聞いて何を安心するんですか？」

「蜂蜜美味しいー。あまーい」

話しながら食べ終わり、始末をした後に三人は最初の風の迷宮攻略を終え、迷宮から脱出した。

リュックを一杯にした三人は迷宮から出た後に宿をとった都市を目指す。

「これどうするんですか？」

「ギルドに持っていってもあんまり良い額で売れないわよね……」

「あれ、あの人は」

都市に入る入口に馬車を止めている青年が居た。

エルザはその青年に見覚えがあり、思い出そうとする。

「ああ良かった。行き違ったらどうしようかと。従業員のカイモルです。皆さん」

それは道具屋の従業員だった。

馬車でこの都市に来てわざわざ待っていたらしい。

「まったくあの人も無茶を言いますよね。場所が分かっているからといってこんな。あ、荷物は馬車にお願いします。責任もって持っていくんで」

言われた通り、迷宮で得たアイテムを馬車に突っ込んでいく。

「この都市の倉庫を借りておいたので次からはそこに入れてくれたら良いですよ。鍵はこれで」

カイモルはそう言ってアズに鍵と地図を渡す。

一番の目的はこれだったようだ。

「それじゃ僕はこれで。皆さんご武運を祈ってますよ」

カイモルはさっさと馬車を走らせて行ってしまった。

「行っちゃった」

「準備が良いんだか悪いんだか……」

「問題が一つなくなったということで良いんじゃないですか？」

宿に戻り、一日休養に充てる。

これは主人からも強く言われていたことだ。

折角なのでアズは都市を見回る。

王都の近くにある衛星都市であるためか、王都ほどではないにしろ発展している。

広場も広く、屋台がたくさん並んでいた。

アズは小麦粉を使った菓子の屋台に並んで一つ買う。

紙の受け皿一杯に盛られたそれを摘まみながら周囲を見る。

冒険者という過酷な職業をしているものの、アズはこんな普通の生活を送れるとは思っていなかった。

仕事をしている限り主人は甘い。

アレクシアには大分怖い態度をとっていたが、反抗をやめてからは私とそう変わらない態度になった。

やろうと思えばいくらでも厳しく搾取（さくしゅ）できるはずだ。

そもそも冒険者ではなく、体を売る仕事にでも付かせればよほど確実に儲かる。

そうしない理由は未だによく分からない。
あの主人から欲情した目で見られたこともない。
他の二人も多分そうだろう。着替えや裸を見られたりはするのだが。
恐らく冒険者という職自体に何かこだわりがあるのだろう。
本当は自分がやりたいができないから私達にやらせている。
だから準備もしっかりするし、こうして休ませるほどには気にかけている。
最初に預けてくれた魔石を思い出す。
母親の形見と言っていたものまで普通奴隷には渡さない。
あの魔石の魔法は凄かった。
ブローチで強化されているアレクシアの魔法ですら、あの魔法とは比べられない。
半分ほど食べ終わったところで、大きなリュックを持つ少女を見かけた。
くたびれたローブを着て、目付きは険しい。
アズよりも更に幼いようだ。
目が合った。視線はアズの手元に行く。
しかしすぐによそを向いた。
アズはその仕草にはよく覚えがある。
その少女に近づいてお菓子を差し出す。
「食べる？　私はお腹一杯になっちゃった」

「いい、要らない」

「それなら捨てないといけないな。悪くなっちゃうし」

わざとアズが言うと、ようやく少女がこちらを向いた。

「捨てるくらいなら貰う」

「うん。結構おいしかったよ」

少女は恐る恐る紙皿からお菓子をつまむ。

そして口に運んで食べると顔が緩む。

「本当に良いの」

「良いよ。お腹減ってるのは嫌だもんね」

紙皿ごと渡すと、少女は急いで食べる。

アズが注意する前にむせてしまったので飲み物もあげる。

全部飲み干してようやく一息ついたようだ。

「美味しかった。ありがと」

「うん。じゃあね」

アズは紙皿をゴミ入れに捨てる。

少女はいつの間にかいなくなっていた。

これは代償行為だなとアズは思った。

昔の自分が飢えてつらかったから、昔の自分に食べさせる代わりに少女に食べ物を分けた。

散歩をそこで終えて宿に戻る。

アレクシアが爪の手入れをしていた。

貴族だったからなのか、見た目にはいつも気を遣っている印象がある。

実際彼女の髪も肌も奇麗だ。

何度かアズも手入れを教わっている。

アズが戻ったことに気付くとアレクシアがふっと爪に息を吹きかける。

「おかえり。どうしたの？ 機嫌がいいじゃない」

「そうですか？ そうかもしれません。エルザさんは？」

「さぁ？ 外に出るとは言っていたけど。まあ大丈夫でしょ。見た目は司祭なんだし」

「実際は奴隷ですけどね」

「言わないでよ。まぁ思ってたよりは悪くないけど。社交界のギスギスした空気を味わわなくていいのは」

アズはベッドに座る。それなりの宿だからフカフカした感触がある。

「明日はどこまで潜りますか？」

「四階層で良いんじゃない？ あんまり深く潜っても戻るのが大変だし、敵も強いわ。得られるものは良くなるけど、今回の目的はそれなりの質と量よ」

「ですかね。行けるなら行くほど度で考えておきます」

「そうしてちょうだい。頑張っても私達が儲かるわけじゃないから。あの主人がそれなりに満足するくらいでいいのよ」

そう言うアレクシアだが、実際手を抜くのは嫌がる。

青い血というものなのだろうか。

エルザが帰ってきたのは夕方にさしかかる頃だった。

教会を見回っていたらしい。

敵情視察だと笑っていたのだが、怖くて深く聞けなかった。

次の日、アズ達は風の迷宮に潜る前に冒険者組合に寄って運び屋を探す。

組合からは暇をしている運び屋を勝手に探してくれとのことだった。

運び屋はその性質上トラブルが起こりやすいためあまり関与はしたくないらしい。

何人か打診してみたのだが、確かに簡単に決めるのは難しい。

「女三人？　いいね行くよ」

女だけと知って露骨に態度が変わる男の運び屋。顔を見れば何を考えているかすぐ分かる。

「……チッ」

ろくに会話もしようとしない壮年の運び屋。アズでも分かる、雇う気がしない人達だ。

近くにいた冒険者から話を聞くと、運び屋は仕方なくやる人間が多くまっとうな人ほど専任になるか金を溜めて足抜けしてしまうという。

下手に雇うくらいならこのまま三人の方が良いか……、そうアズが判断しようとすると昨日の少女が目に入った。フードを被り大きなリュックを背負っている。

彼女も運び屋だ。アズは近寄って話しかける。

「ねぇ、君も運び屋だよね」

「……あんた、昨日の。昨日はご馳走様」

「うん。良かったら私達についてこない？」

「冒険者だったのか。良いとこのお嬢様かと思った」

「そう？ えへへ。それでどう？」

運び屋の少女はアズと後ろにいるエルザやアレクシアを見る。

「女だけなんだ。どこ行くの」

「風の迷宮だよ」

「あそこか。いいね。……割り当ては？ 安いと行かないよ」

「えーと、ちょっと待ってね」

割り当ては決めていなかった。アレクシアに聞くと好きにしろという。

エルザは笑顔でアズを見たままだ。アズがどうするかを見ているのだろう。

アズはこれがリーダーであるということかと感じる。運び屋の少女の元へ戻る。

「人数で頭割りにしよう。分かりやすくていいでしょ」

「それなら文句はないけど。昨日も思ったけど随分と甘いんだねあんた」

「そうかな。そうかもね」

「それじゃあ契約は成立。私の名前はカズサ。よろしく」

「私はアズ。あっちの司祭はエルザさんで、斧を持ってるのがアレクシアさん」

「司祭様はともかく、あの格好は何？　痴女？」

カズサがアレクシアを上から下まで眺めて痴女呼ばわりする。

アレクシアの眉が吊り上がる。声は届いていないはずだがアズは慌ててカズサの口をふさいだ。

「ダメだって。好きであの格好してる訳じゃないんだから。怒ると怖いんだからあの人」

カズサはふさいでいるアズの手を振り払う。

「分かった、分かったってば。それであんた……アズがまとめ役をしてるの」

「そうだよ。一応任されてる」

「そうなんだ。それじゃあ宜しく。いつ行くの」

「今から」

「分かった」

カズサは準備万端だった。アズ達三人はカズサを加えた四人で風の迷宮へ出発した。

アズは年齢が近い相手に久しぶりに出会ったからかカズサと合間合間に喋る。

カズサも手持無沙汰（てもちぶさた）だったのかアズの相手をして身の上話などをした。

「弟が居るんだね」

「そう。弟にはちゃんと文字とか教えてあげたいんだ」

「文字は……お金がかかるもんね」

この世界の識字率はあまり高いとは言えない。

貴族や商人、裕福な家庭以外は名前と多少の文字を読み書きできる程度の人が大半だ。

文字の読み書きができるかどうかは将来に大きく影響する。

悪い人間に騙されることも減るし、大事な仕事を任されることもある。

大きな都市では教会などで文字の教室などもしているが、お布施が必要になる。

「うん。私は良いけど弟は苦労してほしくないから」

「兄弟は居ないけど、気持ちは分かるかも。それじゃあたくさん稼ごうね」

「よろしく。私は戦闘の時は下がってるから。自衛はするけど当てにはしないで」

「分かってる。アイテムの方は宜しくね」

風の迷宮に入る。一階層は敵も弱ければ手に入るアイテムも良くない。

最低限の戦闘だけで終わらせて二階層へ。カズサは拾い残しなく進行速度について来た。

すばしっこいというか、無駄な動きがない。二階層も最低限の戦いで抜ける。

カズサに魔物が飛び出していったが、カズサはナイフで上手く凌いでいた。

アズは手早く魔物を片付けると、カズサが相手にした魔物を斬る。

「ありがと」

「うん」

そして三階層。ここからようやく本番だ。

蜂の魔物は居なくなってしまっている。巣を燃やしたというとカズサが驚いていた。

カズサによると巣が破壊されたら数日間は蜂の魔物は出ないとのことだった。

「巣を燃やしたなら沢山アイテムが手に入ったでしょ」

「そうなの。それだけで荷物が一杯になっちゃって帰る事になったよ」

「だから運び屋……私を連れて来たんだね。良いと思うよ。ここは数を集めてなんぼだから」

狼の魔物から出た風のエレメンタルをカズサはリュックに詰め込む。

カズサが背負っているリュックは大きい。アズ一人くらいなら丸々入るだろう。

「それって一杯になったら持てるの？」

「簡単な軽量化の魔法は掛けてあるから後はなんとか頑張って、かな。重い素材の時は半分も持てないよ」

「そうなんだね。やっぱり重いんだ」

「そりゃそうだよ」

「だよねー」

アレクシアはそんな二人を眺めてる。

「アズは随分嬉しそうね」

「そりゃあ連れが私達二人しか居なかったからはしゃいでいるんでしょうねー」

「私はともかくエルザ、あんたはちょっとズレてるからその所為じゃないの」

「ええ酷いこと言いますね。創世王様がお許しになりませんよ」

「廃れた神に何ができるのよ」

「アレクシアさん。貴女に友達がいなかったのが良く分かりますね」

エルザがため息をついた。狼ばかりが出てくる三階層は脅威ではない。

迷宮という閉じられた世界では群れで動く狼の習性には限界があり、結果各個撃破しやすくなる。

拾うというロスがなくなり、進軍速度も前回に比べてかなり早い。

蜂の巣を見つけた部屋の手前にある分かれ道に到着し、今度は左を選択する。

そのまま直進し、階段を発見して四階層に到着した。

アズが四階層に足を踏み入れた途端、風がアズの髪を巻き上げる。

スカートもたなびくので手で押さえた。

「ここ、室内ですよね？　外に繋がってるのかな」

「それはないわ。そもそもここは地下よ」

「そうですよね。こんな風何処から吹いてるんだろう」

アレクシアは風を気持ちよさそうに浴びている。

風の迷宮とはいうが、この風を浴び続けると体を冷やしそうだ。

「油断しないでよ。ここから先はほんとに敵が強いからね」

カズサが後ろからアズに言う。

「分かった。荷物は今どんな感じ？」

「まだ全然入ってないよ。結構早く来たからね」

「よーし、じゃあ四階層で一杯にしちゃおう」

「はーい」

エルザが右腕を高くあげる。

だがいくらエルザが若いといっても流石に少女二人に混ざるには無理があった。

「構えて。何か来てるわよ」

アレクシアの言葉でカズサが階段の後ろに下がり、アズが剣を構えた。

エルザはメイスを振り回している。

そうしてこちらにやってきたのは、手の平ほどの大きさの鳥のような魔物だった。

「そいつ、そんななりでもドラゴンだからね！」

　カズサが後ろから叫ぶ。ドラゴン。竜種。生態系の頂点の一つに位置する種族の魔物だ。

　流石に目の前の羽をパタパタさせている小さなドラゴンの魔物が、それだけ強いとは思いにくいのだが。

　アズが魔物に後ろに回り、振りかぶって背中を斬りつける。

　固く鈍い感触がアズの手に伝わった。表皮に僅かに傷をつけるだけだった。

　三階層で出会った熊ほどでは無いが、剣で戦うには厳しい相手といえる。

　振り向くと、小さなドラゴンは口を限界まで開き、その中で空気を圧縮している。

　小さなドラゴンの足元を潜り抜ける。

　さっきまで居た位置に圧縮された空気が撃ち込まれ、壁が大きくへこんだ。

　直撃すれば怪我では済まない威力がある。

　エルザの祝福を受けた状態でも受けてはいけない。

　アレクシアの魔法が小さなドラゴンの羽を貫く。

　熱を凝縮させて一本の線にした魔法だ。

　恐らくアズの攻撃が通りにくかったのを見て、突破力を優先したのだろう。

　羽に傷を受けたドラゴンの魔物は姿勢が揺らぐ。

　羽だけで飛んでいるわけではないのか、落下することは無い。

　その隙をエルザが見逃さず、メイスで上からたたき落とした。

悲鳴を上げて小さなドラゴンは地面に叩きつけられる。

一瞬アズが躊躇しそうになったが、小さなドラゴンは地面に叩きつけられながら再び口を開いた。

アズは剣に魔力を通して、小さなドラゴンの口を貫いた。

当然ながら皮膚に比べれば随分と柔らかい。

圧縮されつつあった空気が霧散していき、そのまま小さなドラゴンは息絶えた。


アズは息を吐きながら尻餅をついた。

「はぁ〜〜」

「気を付けてって言ったのに。見た目はあんなだけど、重戦士だって未熟だと吹っ飛ばされるんだよ」

「ちょっと危なかった」

アズが冷や汗を拭う。

「見た目が魔物に見えにくいとアズは躊躇するわね。死ぬわよ」

アレクシアがアズを起こしながら小言を言うと、アズがお尻をはたきながら謝る。

「ごめんなさい。気を付けます」

「世の中にはね。可愛いウサギの姿をしたとんでもなく強い魔物もいるのよ。出会った瞬間首を刎ねられるんだから」

「ボーパルバニーだね。大陸一有名なウサギ」

カズサがウサギの魔物の名前を言うと、アレクシアが感心する。

「良く知ってるわね」

「教会の読書会で教えてもらったから」

カズサが少しだけ照れたように言う。

「ボーパルバニーですかー。あの子は英雄を何人も殺してきた子ですからね」

「……？　見てきたように言うのね。見たことあるの？」

「まさかー。出会ったら死にますから見たことありませんよ」

「そう。時々不思議な言い方するわよねエルザは」

「そうですか？　そうかもしれませんね」

右手を頬に添えてエルザは笑う。その笑みは司祭でありながらも妖艶さを含んでいた。

アズが小さなドラゴンから採れた水晶を見つめる。

藍色の透き通った透明度だ。水晶の中では風が吹いている。

何時までも眺められる美しさだった。

「いいね。アズは運が良いんじゃない？」

「カズサ。これは何なの？」

「風のエレメンタルの結晶だよ。強い風の元素を持った魔物から採れるんだけど……」

カズサはアズから水晶を受け取り、掲げて眺める。

アレクシアの灯りと迷宮そのもののぼんやりとした灯りが水晶を通して見えた。

「もっと下層でないと中々お目にかかれないんだよね。私も見たのは数回しかない」

「そうなんだ。これって高く売れる？」

「勿論。風の元素としても価値があるし、宝石としても人気だよ。魔術アクセサリーの材料にもなる」

「やったぁ！ なら人数分集めれば丁度いいよね」

「本気？ それなら確かに私も一個もらえるけど。無理しないでよ」

「とりあえず、足を止めてちゃ手に入らないわ。次行きましょう」

「はーい」

四階層は三階層よりも魔物の数が少ないが、一体一体が強い。

狼の魔物もでてきたが三階層の狼よりも体格が大きい。

アズの手の大きさ位なら嚙み砕けるほどの口と牙だ。

嚙まれそうになるのを剣で防ぎ、無防備になったところをアレクシアの魔法か、火を纏わせた戦斧で斬りつける。

耐久力も高い。戦闘時間も長くなり、疲労もたまりやすくなった。

確かに脅威度は上がったが、十分狩りになっている。

五階層への階段も見つけたが、一旦無視した。

更に奥まで進むと、広い部屋に出た。広い窓があり、そこから強い風が入り込んでいた。

魔物は居ない。そこで一旦休憩を挟むことにした。

アズが広い窓を興味深そうに眺める。風の音が絶え間なく響いている。

自分達は地下に降りたはずなのだが、間違いなく窓から風が吹いてくる。

窓から外は淡い緑色をした壁が広がっていた。

カズサは身を乗り出そうとするアズの手を引っ張った。

「あんまり窓に近寄らないで。強風に煽られて落ちるよ」

「うん。これって外に出たらどうなるの？」

「何にもなかったらしいよ。魔物もいないみたい」

「そうなんだ。不思議だねぇ」

アズが顔だけ窓の外に出すと、髪の毛がめちゃくちゃになるほど強い風に押し返された。

「何やってるのよ。ほら、これ食べて体を休めなさい」

「はーい」

アレクシアは野菜と炙った干し肉を薄い生地のパンに包んだものをアズの口に押

し込む。

　アズは両手でそれを支え、もぐもぐと食べた。ピリッとしたソースが美味しい。

　カズサはスープをゆっくり飲みながら壁を背にして座っている。

　アズはパンを食べ終わるとカズサの横に座った。

「何階まで行ったことがあるの？」

「私は六階層まで。でも結構大変だったな。そこまでいくと身を守るどころか逃げ回らないといけなかった」

「そうなんだ。私達はどう？　そこまで行けそう？」

「バランスがいいよね。司祭様と……何でか斧を振ってるけど火が得意な魔導士に回避系の前衛」

　えへへ、とアズは照れる。主人が褒められたような気がして自分も誇らしくなったのだ。

「何で照れてるの？　まぁ五階層は大丈夫だと思うよ。六階層は……いけると思うけどあんまりお勧めできないかな」

「ふぅん。とりあえず五階層を隅々まで探索してから考えるかぁ」

「そうしなよ。五階層でも十分」

　やがて休憩を終え、再び立ち上がる。カズサの荷物はまだ空きがある。帰るにはまだ早い。

四階層の魔物は狩りつくして新たには現れない。階段へ行き、五階層へ降りる。

中の様子は四階層までとあまり変わらない。アズが先頭を歩き、周囲を見渡す。

すると何か軽快な足音が聞こえてきた。一人分の足音だ。

アズは剣を抜いて構えると、奥から出てきたのはワニの魔物だった。

二本足で立ち、剣を持ち、軽装ながら鎧を着ている。まるで戦士だ。

アズは一瞬だけ呆気にとられるが、すぐに魔物だと思いなおして構えた。

「なんで？　こいつは六階層からしか現れないはず」

カズサはワニの魔物を見て驚いていた。

どうやら五階層で遭遇するような魔物ではないらしい。

まずアレクシアがワニの魔物へ火球の魔法をぶつけるが、ワニの魔物は軽快な足取りで回避し、最後の一発を剣で弾いた。

「んな、魔物の癖に」

魔法は易々と防がれたアレクシアは戦斧を握り締めて震えている。

プライドが刺激されてしまったのだろう。

「アズちゃん、支援はオッケーだよ」

「はい！」

アズがワニの魔物の進路を遮るように立つ。軽快な足音でワニの魔物は距離を詰めてくる。

ワニの魔物の構えは常に揺ら揺らとしており、剣筋が読めない。
そもそも、アズは剣を持つ相手と戦った経験がない。
アズの目がワニの魔物の持つ剣を見つめる。しかし突然見つめていた剣が消える。
背筋に寒気が走ると同時に、咄嗟にアズは自分の剣を振った。
剣と剣がぶつかり、弾ける。続けて振られるワニの魔物の剣をアズはギリギリで弾く。
アズの剣はなんとかワニの魔物に追いついているが、アズの技量が足りない。
四回目を弾いたところでワニの魔物の剣は更に早くなり、アズの右腕が斬られた。
「っ〜〜」
アズは激痛に叫びそうになりながらも、咄嗟に後ろへ飛ぶ。
ワニの魔物は追撃しようとするが、そこへアレクシアの魔法が再び撃ち込まれる。
体勢が悪かったのだろう。全てを剣で弾けずに魔法が直撃した。
それを見たアレクシアはよし、と右手を握りしめていた。
しかしワニの魔物はまだ平然としている。ダメージはあるようだ。
アズはエルザのところまで下がる。
「やられました！」
「それじゃ治すね〜」
エルザの癒しの奇跡でアズの右腕の傷から出血が止まり、癒されていく。

ワニの魔物はそれを見逃す気はないらしく、軽快に一気に距離を詰めてきた。

「じゃあ私が前に出るねー。アズちゃんは傷が塞がるまで来ちゃダメだよ」

「え、でもあの魔物は強いですよ」

「ふふ。私も仕事しないとね」

エルザは癒しの奇跡をアズに施した後、メイスを持って前に出る。

ワニの魔物は軽快なステップとゆらゆら揺れる剣先で相手を惑わす。

その速さを目で捉えるのは難しい。ワニの魔物がエルザへ斬りかかる。

エルザはメイスの腹でそれを受け流す。まるでどこを斬られるかが分かっているかのようだ。

最小限の動きでワニの魔物の剣を弾く。

六度弾いた後、ワニの魔物が距離を縮めて鍔迫り合いの格好になった。

ワニの魔物とエルザの目が合う。エルザはいつもの微笑みから表情が変わらない。

エルザが力で押し負けて後ろへ下がる。

三歩下がったところでワニの魔物が力を込めてエルザを押し飛ばした。

エルザが着地すると、そこにワニの魔物が剣先を向けた。

「魔法が来るよ！」

カズサの叫びと同時に風がワニの魔物に集まり、ワニの魔物の剣が振り下ろされるとエルザに向かって放出される。

不可視の風の刃は鎌鼬のようにエルザの全身を切り裂こうとする。

エルザはメイスを振りかぶり、一気に振りぬいた。

メイスが見えない風の刃を幾つか霧散させるが、残った風の刃がエルザの頬を裂いた。

エルザは頬の血を拭うと、それを舐めとる。

「ふふ」

普段はあまり開かない目が、少しだけ開く。その紫の目はワニの魔物をねめる。

そこには暗い感情が潜んでいることにワニの魔物だけが気付いた。

ワニの魔物の口がそれに応えるように歪んだ。

エルザがメイスを振り回す。その度に重い風切り音が発生した。

ワニの魔物はエルザのメイスを巧みにかわす。

武器の重量の影響か、稀にワニの魔物がエルザのメイスを剣で受けると僅かに後退する。

それを嫌がってか、ワニの魔物はエルザのメイスを受けようとしない。

メイスを振りぬくと生まれる隙をワニの魔物は見逃さない。

ワニの魔物の剣がエルザに向けられる度にメイスの柄で上手く弾く。

ワニの魔物はエルザの防御の硬さに少しばかり攻めあぐねていた。

いや、どちらかといえば楽しんでいる様子もある。

互いに大きく距離をとった時、アズが前線に復帰した。

「代わります！」

「あらー、やっぱり若いと回復が早いね」

そう言ってエルザは後ろに下がった。アズが灰王の構えでワニの魔物に相対する。

この剣技は剣を持った相手にこそ通用するはずだ。

灰王の剣を思い出す。どう動いていたか。どう振っていたか。

動いたのはワニの魔物が先だった。初動の見えない袈裟斬りをアズは反応して弾く。

アズの目と体がワニの魔物に慣れはじめていた。弾いたままの体勢でワニの魔物の胸を突く。

回避されたが、ワニの魔物の表皮に剣がかする。

魔物の皮膚はデコボコしており、鱗のような強度がある。

その皮膚に剣が弾かれた。だが、さっきの戦いからすれば大金星といってよい。

ワニの魔物がエルザから完全に意識を外し、アズだけに集中したのが分かった。

軽快に揺れ動き、先が読めない。

速さそのものはアズが上だ。ワニの魔物の巧みな技術で、剣の振りの初動が見えない。

しかしそれは慣れてしまえば戦える。

剣を交える度にアズの技量はワニの魔物の技量へ追いつこうとしていた。

相手が何をしようとしているのか、そしてそれに対して自分はどうするのかが頭に浮かび、そして即座にそれに従い体が動く。

楽しい。アズは初めて剣というものに楽しさを感じた。

ワニの魔物もまた、未熟な戦士だったアズが実戦を通して成長する過程に何かを感じたのだろう。

風の魔法を一切使わなくなり、ただ剣のみでアズと向かい合う。

援護の機会をうかがっていたアレクシアでさえ、魔法の構えを解いた。

「楽しそうにしちゃってまぁ」

「凄いですねアズちゃん。たったこれだけの期間で灰王の剣技が身についてる」

「模擬戦の時は何かの剣を真似ようとしてたけど、全くの無駄だらけだったのに」

カズサは壁を背にしながらゆっくりと二人に近づく。

「いいの？　アズを放っておいて」

「他にも魔物が居たらともかく、あれはあのままがいいわ。良い成長になる」

「そんなの危ないって」

「心配ないわ。あいつの動きはもう見切ったからいざとなれば私が助けるわよ」

アレクシアが戦斧の柄を地面に置く。

既に魔法を込められているのか、戦斧からは周囲を熱するほどの熱量が溢（あふ）れていた。

「あんた……熱くないの？」

「アレクシアと呼びなさい。魔導士が自分の魔法に焼かれてどうするのよ」

そんな話をしている間に、剣が弾かれる音がする。

ひゅんひゅんと風を切る音がしたのち、地面に剣が刺さった。

弾かれたのはワニの魔物の剣だ。

アズはそのまま無手になったワニの魔物を袈裟切りにする。

ワニの魔物は口を開きアズの頭を噛み砕こうとするが、アズが斬る方が速かった。

鋭い一撃は速さを伴い、ワニの魔物の硬い表皮を抜けて裂傷を負わせた。

ワニの魔物の絶叫が部屋に響く。

「ごめん、未熟だから奇麗に倒せなくて」

そう言ってアズは剣を握りなおして、下段から一気に振り上げてワニの魔物の首を飛ばした。

ワニの魔物の首が舞う。

一瞬アズと目が合うと、その目は人間の物とは違うがどこか満足したような気配が感じられた。

ワニの魔物の身体が消え去り、大きな魔石と小さいが風のエレメンタルの結晶が残された。

それに加えてワニの魔物の表皮が消えずに残っている。

カズサはそれを背中のリュックへ詰める。アズは汗を拭いながら、大きく肩で息をしていた。

「お疲れ、凄いねアズ。あの魔物はかなり強いのに」

「なんとか、なったぁ」

そう言ってアズは両手を握って天に向かって掲げた。そのまま後ろへ倒れこむ。

「冷たくて気持ちいい～」

「何やってんのさ。ほら水」

カズサは水筒を取り出して、飲み口をアズの口へ持っていき飲ませてやる。

「美味しい」

「それは良かった」

少しの間アズの回復を待つ。ようやくアズの息が整うと、カズサが口を開いた。

「今日は帰ろう。あの魔物は本当はもっと奥にいる魔物なんだ。それに数もそんなに多くない。五階層で会うことはまずないよ」

「あんなのが沢山うろついてたら命がいくつあっても足りないわ。魔法をほぼ使わないであれだったんだし」

「どうしてでしょうねー。帰り道にも魔物を狩れば戦果も十分でしょうし、一度戻りますか」

「少し奥に進みたい気もしますけど……それをして一度死にかけたので帰りましょう」

アズは過去の事を思い出す。九死に一生とはまさにあれの事だった。

冒険者は安全第一。命あっての物種だ。踵を返して階段へ足を置いた瞬間、迷宮が揺れた。

大きな揺れで全員が立っていられず地面に座り込む。

驚くべきことに、階段が揺れと共に消えていく。

「嘘でしょ、これ迷宮が拡張してる！」

カズサの叫びは揺れの振動の音でかき消された。

そしてさらに大きな揺れが起きると、アズ達の居た地面が割れる。

咄嗟にアズはカズサの手を掴む。しかし他の二人とは手が届かずにそのまま落下した。

「ああ、もう、また落ちてる！」

アズの記憶から、最悪な場面が思い出された。

浮遊時間が長い。幸いなのは以前落下した時とは違い、地上方向からの強い風があることだ。

体が浮くほどではないのだが、普通に落下するよりかなりマシだ。

「アズ、地面が近づいたら壁を蹴って横に転がって体を丸めて！　少しでもダメージを抑えるの」

カズサが風の切れ目に叫んだ。アズはその言葉に従って、地面が近づいてから壁を蹴る。

凄まじい衝撃がアズの身体を襲う。その衝撃を逃がすために横へ横へと転がる。

落下の力がそのまま回転の力になり、地面の岩などがアズの体を傷つける。

何度も転がって勢いがなくなるが、アズは地面に倒れ込んだまま動かない。

しばらくの静寂の後、ようやくアズの身体が動いた。

全身傷だらけではあるが、魔物を倒し続けていた影響で肉体強度もかなり上がっているのだろう。

体に異常をきたすほどのダメージは無かった。痺れる体をなんとか起こし、現状を把握する。

周囲は淡い緑の光で照らされていた。強い風が吹き続けてアズの髪をたなびかせる。

このまま此処にいては体が冷えてしまいそうだ。

カズサを探すと、少し離れた場所で倒れ込んでいた。

血が流れている。体の痛みを我慢して急いでカズサに駆け寄る。

仰向けにし状態を確認すると頭から血を流しており、右足も脛辺りが青い。骨折の症状だ。

「うっ……アズ？」

カズサが痛みにうめく。頭を打ってはいるが、意識はある。命には別状がなさそうだ。

「待ってて、急いでポーションを」

アズが腰のポーチからポーションを取り出そうとする。

しかし中で割れており、大半が漏れ出していた。

「そんな」

残った部分を少しずつカズサにのませ、割れた瓶をさかさまにして少しでも傷に振りかける。

ポーションの効果でカズサの頭の傷が癒え、右足の青あざも薄くなる。

だが治療に使えたポーション自体が少なく、全快にはほど遠い。

「ありがと……だいぶ楽になった」

そう言ってカズサは身を起こす。大きなリュックは途中で投げ捨てて、遠くに落ちている。

重量がある上に硬い物が詰め込まれているため、地面を凹ませている。

「ポーションありがとう。ごめんね。後で弁償するから」

「いいよ。どうせ割れてたから、あのままじゃ全部なくなってたし」

「足はまだ痛いけど頭の傷はほぼ治ってる。良いポーションだ」

「ごしゅじ……贔屓の道具屋で安く譲ってもらったんだ」

カズサとアズは周囲を見渡す。少し広いが、魔物もおらず何もない広間だ。

「ここは風の迷宮、だよね」

「うん。多分拡張が起こったんだと思う。中が広くなったのは間違いないんだけど、もし下に伸びてたらまずいよ」

風の迷宮は地下十階層が行き止まりだ。

属性のたまり場として発生した迷宮である為、風の迷宮に主は居ない。

一番強い魔物が最奥地に主の代わりとして居座るタイプの迷宮だ。

地下に行くほど属性の密度が上がるため、その影響を受ける魔物が強くなる。

もし下に拡張されれば、その魔物はどれほどの強さとなるのか。

「とりあえず移動しよう。ここにいるのは良くない」

「うん。カズサは歩ける？」

「なんとか。少し痛むから走るのは無理かな」

アズはカズサの右足の脛辺りを包帯で縛る。

怪我が無くなった訳ではないので、歩き続ければ悪化するだろう。

薬湯を染み込ませたこの包帯ならかなりマシになる。

アズも自分の怪我のある場所に巻こうとするが上手くいかない。

「貸して、私がやってあげる」

「お願い」

「アズも酷い怪我してるじゃないか。自分にポーションを使えばよかったのに」

「見た目ほどひどくないから大丈夫だよ」

「……今は難しいかもしれないけど無茶しないでね。よしできた」

アズの怪我の応急処置も終わる。

周囲を改めて見まわすと、広間には幾つかの通路への入口がある。

「肩を貸すね」

「ごめん。ありがとう」

「うん」

二人で大きなリュックの場所へ移動する。リュックは完全に壊れていて中身が零れている。

「これはもう駄目だ。おいていくしかない」

「そう……だね。せめてこれだけ持っていこう」

そう言ってアズはエレメンタルの結晶二つと、ワニから得たアイテムをリュックに入れる。

「うん。結晶二つとその魔石だけでもあれば赤字は出ないと思う」

魔物の気配は相変わらずない。もしかしたらここは魔物が居ないのかもしれない。

アズはカズサに肩を貸しながら移動する。遅々とした歩みで移動速度は遅い。

時間をかけて幾つかの通路を移動し、部屋も2度ほど通り過ぎた。

ここは何もない。宝箱もなければ魔物も居ない。

「此処は何なんだろう」

「分からないよ。ただ魔物が居ないのは助かる」

「だね。今は正直戦いは避けたい」

結局最初の広間に行きついてしまった。

そこから別の通路へ足を踏み入れたが、同じような感じだ。

カズサの額に汗が流れたのを見て、アズは小さい部屋へ辿り着いたら休憩する事にした。

カズサは平気だと言ったが、強がりなのはアズから見ても明らかだ。

風が当たらない場所に陣取り、身を寄せ合う。残っていた水と携帯食料を二人で分け合う。

さして多くは無かったが、疲れで自覚していなかった二人の飢えと渇きは満たされた。

カズサが舟をこぎ始め、アズも鈍くなった痛みも忘れて意識が薄れていく。

魔物が居ない安心感もあったのだろう。二人はそのまま眠りに就いた。

暫くのちに目を覚ましたアズが朧げな意識で見たのは、こちらを見つめるスケルトンだった。

アズの身体はスケルトンを認識した瞬間、アズの意識を待たずに動いた。

座ったまま右手で鞘から剣を抜き、そのまま斜め上へ斬る。

繰り返し続けた訓練と全く同じ動き。

アズは自らが戦士であることをここで証明した。

最速の初動であった。にも拘らずスケルトンには届かなかった。

スケルトンの二本の指が剣を掴んでいた。

アズが剣を抜き、そのまま斬る動作をした後にスケルトンの指が剣に追いついて挟んだのだ。

アズが両手で剣を握っても微動だにしない。

座ったままこちらを見ていたスケルトンは、剣を摘まんだまま立ち上がる。

アズの体が浮いた。

スケルトンが僅かに摘まんだ指を揺らすと、アズがその振動で弾き飛ばされ壁に叩きつけられる。

その衝撃でカズサも目を覚ました。

「アズ！？」

「うぅ……」

アズは衝撃で動けない。

スケルトンは封剣グルンガウスの柄を握ると、そのまま剣身を眺める。

隅々まで眺めると、極めてゆっくりと壁へ振る。

スケルトンの魔力が封剣グルンガウスに込められ、その剣圧と魔力だけで壁が振った軌道にえぐれる。

アズとはかけ離れた圧倒的な力だった。

この力がアズに向けられればなすすべなく真っ二つだろう。アズの顔から血の気が引く。

戦いにもならない差がそこにはあった。

カズサがアズとスケルトンの間に割って入り、アズをかばう。

スケルトンはしばらく剣を眺めたまま動かない。スケルトンの格好は奇妙なものだった。

見たことがない服を着ており、腰には剣とは少し形状の違う武器を掲げている。

アズには知りようがないが、スケルトンの格好は侍と呼ばれる遠い異国のいで立ちだった。

草鞋を履き、なぜか残った白い頭髪は緩く結わえられている。

スケルトンはアズに剣を返し、今度は自身の刀を抜く。

それは禍々しい気配を漂わせた刀だった。どれだけの血と命を吸えばそうなるのか。

妖刀と呼ぶにふさわしい。カズサは刀を見た瞬間に意識が飛ばされてしまった。

アズもスケルトンの刀から凄まじい恐怖を感じる。そしてスケルトンが構えた瞬間、アズは自分の首が飛ぶ幻覚を見た。

それは多分、スケルトンが実際に動けば同じ事が起きるのだろう。

圧倒的な力の差。技量の差。存在の格の違い。

この層に魔物が居ないのも納得だ。こんな存在が彷徨(さまよ)っていれば逃げ出すだろう。

あらゆる考えがアズの頭を巡るが、それでもアズは剣を構えた。

生き残りたければ、勝ち取るしかないことをアズは知っている。

状況に流されれば失い続けるのだ。

例え結果が同じであっても、抗(あらが)ってから死ぬことを決めていた。

灰王の構えでスケルトンに向かい合う。するとスケルトンの頭が僅かに動いた。

どうやら構えを見ているようだ。スケルトンからは動かない。

アズは構えているだけで激しい消耗を強いられる。

しばし向かい合ったままでいると、スケルトンが構えを解いた。

「よもや、灰王の構えを見るとは思わなんだ」

声が聞こえる。恐らくスケルトンが喋ったのだろう。

頭蓋骨の顎(あご)が少し動いているものの、声帯がないので何かしらの手段で喋っているのだろう。

「……？」

「灰王の弟子？　いや既に生きてはおるまい」

アズが瞬きした瞬間、スケルトンは間合いを詰めてきた。動いた瞬間すらアズには見えない。

「お前のような未熟な娘がなぜ灰王の剣を知る？」

「それは……見たから。ずっとそれを真似てるからだよ」

「ほぉ。見た。見たときたか」

スケルトンから戦いの気配が消えた。

アズは冷汗が流れるのを感じながら剣を下ろし、鞘に納めた。

スケルトンがその気ならそもそもすぐアズの首が飛ぶ。

騙し討ちをする意味はないだろう。

「興味がある。生かしておくから話せ」

「分かった……話せば私とこの子を見逃してくれるんだよね」

「儂は約束を違えん。ついてこい」

そう言ってスケルトンは歩いて行ってしまう。カズサはまだ気を失っている。

アズはカズサを背負ってスケルトンについていく。

スケルトンが向かう先は調べていなかった最後の通路だ。

魔力の密度が更に増していく。カズサが目を覚ましたが、足の問題もある。

遅れればスケルトンの考えが変わるかもしれないので背負ったまま行く。

今のアズの膂力なら問題ない。

体格的にカズサとアズは同じくらいなので持つのが大変なくらいだ。

更に歩いていくと、門があった。スケルトンはその門を開き、中に入る。

アズはスケルトンについていき、中に入ると暗転するような気持ち悪さを感じた。

カズサも同様の症状があったようで、呻いている。

「大丈夫？」

「うん、私のことは気にしなくて良いよ。不味いと思ったら私を置いていってでも逃げな」

「それは……できないよ」

アズが顔を上げると、それまでの景色とは一変していた。

白亜の空間に一つの建物が建てられている。神殿のように見えた。

スケルトンが神殿の中に入っていくのはいささか不格好に見えたが。

吹き荒んでいた風は止み、濃いほどに漂っていた魔力は消えている。

この空間からはただただ神聖な空気を感じられた。

唾を一度飲み込んで神殿の中に入る。神殿の中は奇麗に整えられていた。

魔法による灯りが柱に添えられており、洞窟だった外よりもずっと明るい。

白い壁が眩しいくらいだ。

「アズ、もう大丈夫だから下ろして」

まだ少し心配だったが、カズサ本人が言うので背中から下ろす。

骨折した側の足をまだ少し引きずっていたので、アズが肩を貸す。

スケルトンは既に奥に行ってしまったようだ。

一番奥の部屋が開かれている。神殿には何の気配もない。

恐らく先ほどのスケルトンとアズ達以外には誰もいないのだろう。

スケルトンから遅れて奥の部屋に入る。

そこには祭壇があり、その祭壇の奥にスケルトンが待っていた。

アズが真っ先に気になったのは、祭壇の上に伏せている少女だった。

少しだけ年上に見える少女が戦装束(いくさしょうぞく)を着ている。

だが、胸の辺りが一向に動かない。

少女が呼吸をしていない事にアズが気付くのにそう時間はかからなかった。

「気になるか？」

「えっと、はい」

「まずはお前の話からだ。灰王の今を儂に聞かせよ。もし騙(おご)りならば首を落とす」

そう言ってスケルトンは据え付けられた椅子に腰を下ろした。

アズとカズサは対面に座る。

少女の事が気になって仕方ないのだが、今生殺与奪(せいさつよだつ)の権利はスケルトンが握っている。従うしかない。

アズは水筒に残った水を半分口に含んで喉を潤す。

「おお、人間は水が必要だな。あまりに昔すぎて忘れておったわ」

そう言ってスケルトンが人差し指の骨を曲げると水筒の袋が水で一杯になる。

アズはもう少しだけ飲んでカズサに水筒を渡した。

カズサが水を飲んでいる間に深呼吸し、話す内容を整える。

スケルトンの興味を誘わなくてはならない。

アズはゆっくりとカタコンベでの出来事を話す。

エルザの事を話すか迷ったが、エルザの事を抜きにして話すことはアズには難しすぎた。

「創世王教の司祭エルザ……？」

スケルトンは少しだけエルザの名前に反応したが、どちらかというと創世王教の司祭という言葉に反応している様子だった。

太陽神の使徒の復活と灰王の襲来を話すと、スケルトンから凄まじい怒気と殺気が放たれる。

アズは震える声でなんとか続きを話す。

カズサが強く手を握ってくれたので、なんとか話すことができた。

太陽神の使徒と灰王との凄まじい戦いを話し、最後にアズの剣を貸すことで灰王が勝利したことを伝える。

スケルトンは手を足に叩きつけ大笑いした。

頭蓋骨の顎が大きく動き、カタカタと音がした。

「おお、おお。灰王はやり遂げたのか。どれだけの月日を待ったのか。話に聞いた容姿ならば自らを怪物に変えて待ち続けたのか。儂のように意思を折らず！」

スケルトンは先ほどの雰囲気からうって変わって機嫌が良かった。

灰王が太陽神の使徒を倒したことが嬉しいのだろう。

「あの剣を使ったか。あれは確かに効くだろう。単純故に強い。未熟なお前では真価は発揮できぬが」

スケルトンはアズの剣、封剣グルンガウスを見て言う。

アズは内心ちょっとだけムッとしたが、それは内心に留めておく。

言っても仕方がないし、事実だ。灰王に比べてアズは弱すぎた。

それよりは気になっていたことを優先する。

「あの、貴方は一体誰なんですか？」

「ふむ。言ってなかったな。さてどこから言ったものか」

スケルトンは笑いを収めると顎の骨を右手の骨でさする。

骨と骨がこすれる音が妙にコミカルだ。

「儂は……もはや名前は忘却したが、そもそもこの大陸の者ではなかった。遥か昔、故郷の主人を諍(いさか)いの末に斬ってな。逃れるようにしてこの大陸に来たのだ」

「他に大陸があるんですか」

「何だ小娘、知らんのか。勉強せよ。そして黙って聞け」

「は、はい」

「儂は若く、自信に溢れておった。諍いも儂が強すぎたが故に起きた事であったしな。新天地であっても不安はなかった」

スケルトンは天を仰ぐ。

「実際儂はすぐに有名になった。魔物を狩り、盗賊を狩り、儂を疎ましく思い排除してくる者を狩った。そして灰王と出会った。勿論生きている時の灰王にな」

スケルトンは自らの刀を抜く。

その方には刃毀れ一つなく、相変わらず凄まじい妖気が溢れていた。

「奴は強かった。初めて儂は敗北を知ったのだ。そしてこの者についていきたいと思うようになった。灰王が創世王教であった事は分かるな？」

同意を求められたのでアズは頷いた。

「当時のこの大陸は創世王教と太陽神教の争いが最も激しい時代であり、太陽神教の邪悪を見抜いた灰王は最前線で国を率いて戦っていた」

スケルトンは立ち上がると、伏せている少女の近くに移動する。

「灰王は創世王教の守護者であることに誇りを持っていたよ。儂はあくまで灰王に付き合っていただけで信仰の気持ちは無いがな。奴は心酔していたと言っても良い。

その理由の一つがこの少女だ」

　呼吸もなく、ただ横たわっている少女。傷も見当たらなく、精巧な人形のような美しさ。

「この少女が誰か分かるか？」

「いえ……」

「創世王教の側に立つなら覚えておけ。この少女は創世王の使徒だ。第四の使徒であり、最後までこの世界にとどまり共に戦い、灰王が滅ぼした太陽神の使徒と相打ちになった」

　神の使徒。神から権能を分け与えられた存在であり、人間と神の間に存在する超越者。

　アズは創世王教の信徒ではないのだが、それは言わずにおく。

「創世王は儂がこの大陸に来た時既に長い眠りについており、この少女だけがその象徴だった。それを失った事で結果的に創世王教は太陽神教に対抗しきれず、この大陸から姿を消した。その最中に太陽神のもう一体の使徒との戦いで灰王と儂は致命傷を負ったのだ」

　スケルトンは上を指さす。

「それがここだ。風の元素と魔力が集まり迷宮化したようだが……灰王はこの少女の遺体を儂に託して死んだ。儂もなんとかこの神殿に少女を運んだ所で力尽きたのだ。

　それから長い時を過ごし、儂は目を覚ました。この姿でな。強い魔力と風の元素に曝され続けた事でアンデッド化したのだろう」

「そう……なんですね」

「儂は外に出るか悩んだ。灰王も灰王と共に戦った創世王の使徒もなき今、戦う意味が無い。だが灰王はそうではなかった。なんという強靭な意思か。だからこそ奴は強い。太陽王の使徒がアンデッドとして蘇ることを察知し、死して怪物と成り果てでも待ち続けて滅ぼした」

　そこまで喋り、スケルトンは黙った。恐らく過去を思い起こしているのだろう。

　アズはそれを邪魔しないように静かに待った。

　アズとカズサはスケルトンが喋り出すまでしばらく待つ。

　カズサの息が少しだけ荒くなってきている。

　傷が痛むのかもしれない。手持ちの布を水で濡らし、カズサの額に載せた。

　時計もないこの空間では時間が分からない。

　長かったような、短かったような時間が流れた後にスケルトンの意識がこちらに戻ってきた。

「良い、良い話だった。儂は灰王との約束を守る名目でずっと此処におったが……時代とは流れるもの、か」

スケルトンは創世王の使徒を見る。静かに佇む少女は、変わらずそこにいる。

「長い停滞が終わるのか？　だが灰王だけでは……繰り返すだけだ」

スケルトンはアズを見た。

スケルトンからすれば、目の前の少女は並の戦士より少しマシな程度だ。

力も、魔力も、技量も。この少女がこの大きな流れに関与するとはとても思えなかった。

どこかで流れに巻き込まれたとしても、呆気（あっけ）なく死ぬだろう……。

そこまでスケルトンが考えた時、創世王の使徒の指が動いた。

「なっ」

創世王の使徒はそのまま上半身を起こし、まずスケルトンを見る。

「キヨか？　随分……痩せたね君」

「馬鹿な。どれだけの月日を過ぎても動かなかったというのに」

「蘇った訳じゃない。ただ、魂が近くにいるから少しだけ目が覚めた」

そう言って創世王の使徒が立ち上がった。

キヨと呼ばれたスケルトンはあまりの事態に固まってしまっている。

人間の姿をしているが、人間以上に美しい。

ただ、その体の端からゆっくりと光の粒子になり始める。

「起きた途端これか。時間がないな」

創世王の使徒は自らの手を見つめる。

先ほどは確かにしっかりと見えていた体が、僅かに透けていた。

目の前の少女がこの世から消え去っていくのを感じた。

「話は私も聞いていたよ。灰王は……死んでもまだ楽にはならないか。相変わらず頭の固い男だ。だからこそ間に合ったのか」

創世王の使徒はアズを見た。

「アズ」

「は、はい」

「私は創世王の使徒。第四位にして最後の使徒。ユースティティアだ。王の留守を任されたのに負けた敗北者でもある」

ユースティティアは威厳ある声でそう言った。

存在が薄れているにもかかわらず、後ろで固まっているスケルトンと同じかそれ以上の力を感じる。

これほどの存在が相打ちで倒すしかなかったという太陽神の使徒は、一体どれほどの恐ろしさだったのだろう。

太陽神の使徒はアンデッドになった姿しか見ていなかったし、対峙したのはアズではなく灰王だった。今のアズではまだその力を想像することも叶わない。

「お前は何の宿命もなく、しかしここに来た。お前は何の力も感じないただの人間だが、生きて困難を超えた。時代の変革とは必ずしも強者が生み出すものではない」

　ユースティティアはアズの顎を右手で掴むと、瞳を覗き見る。

　彼女の美しい虹の色彩から目を離せない。

　無機質なようで、しかし瞳の奥底に意思を感じた。

「知っているか？　灰王はお前のように弱い人間だった。最初は弱い魔物にもおびえていたよ」

「あの男がか？　信じられんな」

　キヨがようやく固まっていた状態から戻ってきた。

「事実だ。私は灰王を取り上げた頃から知っているのだぞ」

「なるほど灰王がお前に心酔していたのは刷り込みもあったか」

「どうだろうな。ただ灰王は灰王の正義の為に。自らの意思で戦った事はお前も知っている通りだ。アズ、お前はどうなる？」

「私は……強くなりたいです。私の場所を守るために」

「そうか。本当なら私が鍛えてやりたかったが、時間がない。一つだけお前に残してやろう」

　アズとユースティティアは至近距離で見つめ合ったままだ。

　ユースティティアは互いの瞳を通し、アズに継承する。

　それはアズには認識できない何かだった。

ユースティティアの記憶も垣間見えたのだが、それも消える。

痛みがある訳ではない。違和感もない。

だが何かがアズに宿る感覚だけが僅かに感じられた。

それも時間と共に消えていく。

「今のお前では意味がないものだ。だが、お前が運命を超えた時に意味を持つだろう」

それが最後に残った力だったのだろう。

ユースティティアの身体が光になって崩れていく。

「王よ。私は役に立ちましたか――？」

アズの顎を掴んでいた右手も消え、美しかった少女が消え去っていった。

「消えたか。……魂が近いと言っていたが」

しばしアズは呆気にとられていたが、突然糸が切れたように倒れ込んだ。

カズサが朦朧とする意識の中でなんとか引っ張るものの、二人で倒れ込む。

「……何を継承した？　何が変わったとも思えぬが。まあ良い」

キヨは少女二人を抱えると、神殿の別の部屋に移動する。

そこには僅かな寝具があった。少女達を寝かせ、シーツをかぶせた。

カズサの容態を確認し、棚にあった薬草入れから乾燥した薬草を数枚ほど口にねじ込む。

カズサは咽たが、キヨはお構いなしだ。

「我慢せい。熱も下がる」

カズサはなんとか薬草を飲み込むと、キヨはカズサの口に水を飲ませる。

するとカズサは落ち着いた寝息をつき始めた。

「やれやれ、何で儂がこんな事を」

そう言いながらも、己に課した永い役目から解放されたキヨの表情は骨ながらも明るいものだった。

「灰王はどこに居るのかのぉ。奴の城にでも行ってみるか」


「生きてる？　返事をしなさい。アズ」

アズが目を覚ましたのは、気を失ってからしばらく時間が経ってからだった。

アレクシアから体を揺すられ、目を覚ます。

そこにはアレクシアとエルザが居て、エルザはカズサに癒しの奇跡を使っていた。

カズサの顔色は血の気が戻り、寝息も安らかになっている。

あの様子なら大丈夫だろう。

「二人とも平気なようね。何があったの？　このフロアには魔物が居ないようだけど」

「えっと、なんて言えばいいのか」

そこでアズは気づいた。キヨというスケルトンが居ない。

アズはここに落ちてからの事をエルザとアレクシアに説明する。

二人ともキヨとはすれ違ったりはしなかったようだ。

ここより一つ上の階層に落ちた二人は、戦闘を避けながら此処に降りてきたらしい。

鏡の魔物と遭遇してしまい、長い時間をかけて倒したのでここに来るのに時間がかかったらしい。

「創世王の神殿、ねぇ。この大陸にはもう残ってないと思っていたけど」

「ふふ、各地にこういった場所はそれなりにありますよ。迷宮の底にというのは初めて聞きましたが。それでアズちゃん。創世王の使徒という方はどんな方でしたか？」

エルザは創世王の司祭らしく、創世王の使徒に興味があるようだ。

居なくなってしまったのを聞いてがっかりしていた。

アズが詳しく話すと、熱心に聞き入っている。

「そうですか、ユースティティア様は最後にアズちゃんに……ちょっと失礼しますね」

エルザはアズの瞳をのぞき込む。

エルザの瞳は紫の色彩で、変わらず美しい目にアズは少しだけ胸が高鳴る。

だが何故だろう。ユースティティアとても似ていると感じたのは。

そしてエルザが離れる。

「……何かをしたのは間違いないですが、私では分かりませんね。是非お目にかかりたかったのですが。ユースティティア様は何か言っていませんでしたか？」

「そういえば——王よ。私は役に立ちましたか、って言ってました」

「そう、そうですか。後は安らかに眠っていただけると良いのですが」

そう言ってカズサの治療に戻った。エルザのロザリオに彫られている女性の像が目に入った。

ユースティティアとは違う女性だ。創世王教とは何なのだろうか。

一体昔何があったのだろう？　太陽神教は何をしたのだろう？

アズは太陽神教にも創世王教にもあまり興味がある訳ではない。

宗教はアズを助けてくれなかったからだ。

アズに手を差し伸べたのはあの主人ただ一人であり、アズが仮に信仰する存在があるとすればあの主人だけだ。

エルザは創世王教の司祭で、主人が太陽神教をあまり好んでいないから結果的に創世王教の側に立っているに過ぎない。カズサが目を覚ますのを待って、創世王教の神殿を後にする。

神殿から更に奥に階段があった。

魔物がいないのは確認していたので、道中の荷物をできるだけ回収して階段を上る。

四人が昇りきった後、階段が消える。まるで役目を果たしたとでもいうように。

エルザが神殿に向かって祈る。まるで友を労うかのようにその姿は熱心だった。

そのまま上を目指して行くのだが、不思議な事に魔物に一切遭遇しない。

所々に魔石かエレメンタルが転がっているので、恐らくキヨが外に出るために移動しながら倒していったのだろう。

深層の魔物は強力だ。今のアズ達ではあまり戦いたくなかったので助かった。

「これ全部そのスケルトンがやったっていうの？　とんでもないわね」

アレクシアが斬撃の跡を見ながら言う。

灰王に比肩しうる強さだった。もし敵として現れていれば、アズ達は瞬く間に殺されていただろう。

カズサのリュックは壊れてしまったが、帰り道に拾えるアイテムだけで良い収穫になる。

それなりに長い時間をかけて風の迷宮から出た時、アズは新鮮な空気を思いっきり吸って吐いた。

生きているという実感が湧いてくる。カズサと目が合うと、カズサがニッと笑う。

つられてアズも笑った。

「ほら、気を抜かないで。戻ってからにしなさい」

「はーい！」

アレクシアの言葉でアズは気を引き締める。色々あった、あり過ぎた日だった。

何事もなく宿をとった都市に戻る。約束通り頭割りで取得したものを分ける。

道中で拾えたエレメンタルの結晶は丁度四つあり、一人一つに配れた。

清算が終わり、カズサとアズは握手をした後にハグをした。

年齢が近いこともあり急速に仲が良くなった二人だった。

アズにとって実は初めての年の近い友人のような存在だ。

あの寒村には子供も殆ど居なかった。ただただ搾取する大人ばかりで……。

アズは嫌な思い出を頭から追い出す。もう終わったことだ。

またね、と言ってカズサと別れた。

壊れたリュック代などを考えても十分すぎる稼ぎだったと聞いたので、ホッとした。

エルザがアズの頭を撫でる。少しだけ涙が出てしまったようだ。

「私達じゃ、同年代の友達にはなれませんからね」

「大丈夫です。私は」

「アズちゃんの人生はこれからだよ。私が保証してあげるから」

「私達は奴隷じゃないですか。あの人は良くしてくれるけど」

「あの主人なら大丈夫。根底にあるのが善性だから」

それは分かる。あの主人は悪人に徹しきれない。だからアズは今こうしている。

アズ達はカズサと別れた後に宿へ向かう。

疲れにより重い足取りだったがなんとか宿に到着し、荷物を倉庫に預けつつ近くの公衆浴場で汚れと疲れを落として泥のように眠った。

もっとも体力のあるアレクシアも流石に疲れていた様子だ。

アズは特に疲れがあったのか、丸一日眠り続けたままだった。

夢の中で何かを見た気がする。だが、起きた時それは霧散していた。

大事をとって三日間の休養をとったアズ達は、再び風の迷宮を目指すのだが……。

「魔物が居ない？」

「そうだよ、困ったもんだ」

風の迷宮ですれ違った事のある冒険者のパーティが入口にいた。

挨拶をしたところ、随分困った様子で切り出された。

「正確に言うと一階層と二階層は多少魔物が居るんだが、其処から下は全くいないんだ。あんまり奥の層はおっかなくて見れてないんだが、多分同じだと思う」

「それは……困りますね。狩りにならない」

「そうなんだよ。せっかく良い稼ぎになってたのに」

挨拶もそこそこに冒険者達は移動していった。次の狩場を探すのだろう。

アズ達も同じだ。稼ぎに来ているのに相手が居ないのでは意味が無い。

「中を確認してみますか？」

「……いえ、事実でしょう。嘘を言っている感じはしませんでした」

「元々人気がある場所でもないしそんな嘘ついてもね。彼らの荷物も空っぽだったし。そういえば拡張の話はギルドでも出なかったわよね。確認されてないのかしら」

「そもそも拡張された場所はすぐ閉まりますから。あの地震の時に迷宮に居なければ分からないでしょう」

「カズサは誰にも言わなかったのかな？」

友人のように思っているあの野良猫のような少女を思い出す。

カズサはギルドでは見かけなかった。

いくら癒しの奇跡を受けたと言ってもあの大怪我の後だ。休養しているのかもしれない。

「ああいうタイプは義理堅いわよ。他人を信じない代わりに恩は絶対忘れない。私達とのあの狩りはカズサにとっても良いものだったんでしょ」

「そうかな。そうだと……いいな」

「それにしても困ったわね。今から他の迷宮に行っても良いけど、ここからだと他に大した場所もなさそう」

「ん～元々風の迷宮で稼げと言われて来てるんですし、他に行くより戻りましょう。でもなんで魔物が居なくなったんだろう」

アズは不思議そうに風の迷宮を振り返る。

心なしか前回来た時よりも色あせて見える。

まるで根源的な力が無くなったような。

そう言えば迷宮には、主が居なくなると力が失われるものが存在することを思い出した。

ルインドヘイム・カタコンベもそうだった。

この風の迷宮は本来この程度の迷宮だったのかもしれない。

迷宮に主が居たとすれば、あの不思議なアンデッドと創世王の使徒と名乗る少女だろう。

創世王の使徒が消失し、キヨは何処かへと旅立ってしまった。

倉庫の荷物は既に運ばれた後だったので、ポータルを利用して元居た都市に戻る。

見覚えのある景色を見てようやく帰ってきたという気持ちになった。

日数にすればそれほど長く離れていたわけではないが、やはりアズにとってはこの都市に愛着があるのだと再確認した。

屋台がたくさん並ぶ都市の広間では、その中央で例の像を建造する準備が進められている。

太陽神教の司祭達と大工達が話しているのがここから見えた。

エルザの顔を見るといつもと様子は変わらない。

「アズちゃん、どうかしました？」

「なんでもないです」

そして主人の店に戻る。主人の店はいつも通りそれなりに繁盛しているようだ。

道具屋と言いながら手広くやっている。燻製(くんせい)を始めた時は驚いたが。

裏口から入り、荷物を部屋に置いて主人の部屋をノックする。

返事はすぐに返ってきた。扉を開けるといつも通り帳簿をつけている主人の姿がある。

その姿を見るとアズはほっとするのだった。ここは帰ってきていい家なのだと。

「どうかしたのか？　もう暫くは向こうで活動する予定だったと思うが」

言われる前にいそいそとアズは座る。主人は帳簿から目を離さずに聞いてきた。

「えっと、実は……」

アズが迷宮で起きたことを話す。

創世王の使徒だのなんだのは正直説明に困ったのだが、主人は金にならないことにあまり興味がないようでさっと流された。

むしろスケルトンが奥層の敵を倒したことでアイテムをたくさん回収できたこと

に喜んでおり、良いスケルトンだったなと言う始末だった。

一歩間違えば首が落とされていたアズは同意しかねた。

この主人は良い人なのだが、金が絡むと少しばかり奇人になる。

そもそも、アズ達奴隷を買った上で冒険者をやらせているのだから酔狂というべきか。

「しかし風の迷宮がダメになったのか。土の迷宮関連でそれなりに稼げそうだったが」

アズ達が回収したアイテムを集計した主人は残念そうに呟く。

「そうだ、これ」

そう言って主人はエレメンタルの結晶を取り出す。

「お手柄だぞアズ。あと他の二人。オークションに出したらかなり良い値段がついた」

そういって主人はアズの頭を撫でた。

「ありがとうございます」

褒められることにまだ慣れてはいないが、それは確かにアズの心に沁み込んだ。

「しかし運び屋か。そういうのもあるんだなぁ」

「そりゃあ知らないでしょう。ここで算盤を弾いているだけですもの」

アレクシアは主人の言葉に皮肉を漏らすも、主人はだからどうしたと両手を上げる。

「それが俺の仕事だからな。というか俺が行ってもしょうがない。前衛に魔導士に司祭に。俺が何をするんだ？」

「それこそ運び屋でもなされば？」

アレクシアの言葉に主人は真剣に考え込む。これは多分かなり考えている顔だ。

その方が稼げるならこの人は危険でもやりかねない。主人は顔を上げる。

「考えたがダメだ。仕事が溜まってこの店が回らなくなる」

「貴方が牢屋に入れられていた時、この店きちんと回ってませんでしたか？」

エルザの言葉に主人は何も言い返さず、エルザの眉間に人差し指を置いてちょい押しした。

わっとエルザが言う。ふざけて楽しんでいるのだろう。

「実はな、次はもう決まっているんだ。何処かで呼び戻そうとしたが手間が省けたな」

そう言って主人が取り出した紙にはこう書かれていた。

第七回大陸武芸大会【オセロット・コロシアム】の開催が決定。

優勝賞金は金貨六百枚。主人はとてもいい笑顔だった。

書き下ろし　三人の休日

「お休み、ですか？」

「そうだ。今日は依頼に行かせる予定だったが、ダブルブッキングが起きた。なので今回は譲ることにした」

ご主人様はそう言いながら、つまらなそうに帳簿を記入している。

「店の方も今は特に人手が欲しい仕事もないし、たまには完全にオフにしてもいいだろう。わざわざ仕事を作るのも面倒だし、いい機会だ」

「分かりました。今日一日お休みします」

仕事がないのでは仕方ない。立ち上がってご主人様に頭を下げて、エルザさんとアレクシアさんと共に部屋から出ようとする。

「待て、ほら」

ご主人様はそう言って、小さな袋をこっちに投げた。慌ててキャッチすると、中から硬貨の音が聞こえる。

「もし買い物に行くならその金を使え。今日は忙しいから昼もそっちでなんとかしろ」

袋の中を覗くと、銀貨が二十枚ほど入っていた。

「えと、いいんですか？」

「せっかくの休みに家にいても気が休まらんだろう。外に出るときは腕輪を隠して行けよ。奴隷っていうだけでちょっかいをかけてくる奴がいるから。出かけるときは言いに来なくていいぞ」

主人はそう言うと、帳簿の記入に戻った。話はこれで終わりのようだ。再び頭を下げて、部屋から出る。

こうして話すのはもう数えられないくらいなのに、まだ緊張してしまう。

「ちゃんと休みがあるのね、てっきり死ぬまで働かされると思っていましたわ」

つい最近加わったアレクシアさんが髪をかきあげてそう言った。元貴族だけあって気位が高く、リーダーを任されたとはいえ私には手に余る。

エルザさんが協力的なのでなんとかバランスはとれていた。

「そんな人ではないです。依頼の後はちゃんと日を空けてくれますし、色々と気も使ってくれてます。言動はちょっと怖い時もありますけど……」

「過激な所がありますよねー。アレクシアちゃんも最初にちょっとおしおきされてましたよね」

「屈辱よ。もし奴隷じゃなければ殴り返してたわ」

アレクシアさんは忌々しそうにそう言って、右手の親指を唇まで持っていく。

この人は本当にやるだろうなと思う。最初こそ気弱な部分があったが、今ではもうそんな様子はない。

私にはない部分なので、頼もしく思っている。

「でも、私達は奴隷です。いうことを聞いて働かないといけません。幸い、ちゃんと衣食住も用意してくれて、環境もいいと思います。少なくとも私が住んでいたところよりずっと」

これは事実だ。柔らかいベッドなんてここに来てから初めて経験した。食事も、もうかびたパンを食べなくていい。

「分かったから、そんな顔をしないでちょうだい。私が悪いみたいだから」

「ふふ。頑張ろうね、アズちゃん」

エルザさんが両手を握りしめてくれた。アレクシアさんもバツが悪そうだ。根はいい人なのだなと思う。

気を取り直す。リーダーは私だ。ちゃんとしないと。

「えと、お金も貰いましたしお出かけしますか？」

「そうね。普段は依頼か家にいるかなんだし、気晴らしによさそうだわ」

「私はお任せしますよ」

「じゃあ行きましょう。誰かと買い物をするの、やってみたかったんです」

三人で部屋に戻り、出かける準備をする。

冒険者としての装いは街では浮いてしまうので、服を着替える。

新しく入ったアレクシアさんの分までちゃんと用意してくれている。

マメな人だなと感心した。ただ下着類は次からは自分達で買わせてほしい。

用意された服に袖を通す。これはワンピースというらしい。サイズはぴったりで少し怖い。こうしてみれば私達を奴隷だと思う人達はきっといないだろう。

言われた通り腕輪は袖に隠れるようにした。

奴隷法によれば、奴隷が自ら奴隷であることを隠すのは禁止されているが、主人の許可があれば問題ない。

そのおかげでこうして町娘のように振る舞えるのだから、文句はなかった。

「皆よく似合ってますよ」

「エルザさんも奇麗です」

「やだー、もうアズちゃんったら」

「あなた達、仲がいいわね……」

アレクシアさんは呆れたように言う。エルザさんは出会った時からよくしてくれている。たまに人が変わったような口調になるので、色々と抱えているのかもしれない。

帽子をかぶれば準備は万端だ。

今日はご主人様の部屋に行くのが遅かったので、もうじき昼になる。どこかで昼食を食べて、店を回ることにした。

裏口から外に出る。表は店と繋がっているので私達は使えない。中庭を突っ切って街路を歩く。

「こうして歩いているとまるで姉妹みたいだねー？」

「そうかしら。私達はあまり似てないと思うけど」

年齢的にはエルザさんが長女だろうか。アレクシアさんが次女で私が末の妹か。ほわほわしたエルザさんと、少し優柔不断な私。そして即断即決のアレクシアさん。

まとまりとしてはいいのかな。

食事に関しては三人とも好みが違う。家ではご主人様が毎食用意してくれるのでそれを食べるだけだったが、外食となるとみんな好きなものを食べたい。

私は別に食べられれば構わないので、エルザさんとアレクシアさんの二人の話し合いになった。

話し合いの結果、普段は利用しないカフェに入ろうと決めた。

お店なんて入った事がないので緊張していると、アレクシアさんがグイっと背中を押してくれた。

「客としてきているのだから、シャンとしなさい」

「は、はい」

「緊張しなくても大丈夫だよ」

店に入ると店員に案内されて席に座る。

メニューを渡されたが、私はまだ文字の読み書きは完璧じゃない。エルザさんに教わって少しは読めるようになったのだが。

アレクシアさんもデイアンクル王国の文字は読めないようだ。

「このセットを三人分。後は紅茶をこれも三人分お願いね」

エルザさんが注文を済ませてくれた。

「ランチセットがあったからそれにしたよ。トーストとサラダにスープ。後はハムエッグにソーセージだって。それで三人で銀貨三枚なら十分かな」

「まぁ、無難ですわね。屋台よりはいい食事が出るでしょう」

屋台は安くて早い。味はそこそこ。ただアレクシアさんはあまり好きではないようだ。

こういう場所で食事は初めてなので、周囲をそっと伺う。

お茶を飲みながら会話を楽しむご婦人。優雅に読書をしながら食事を楽しむ紳士。色々な人がいる。そうしている間に三人分の料理が運ばれてきた。

白いパンをカリッと焼き上げたトーストが二枚。ハムエッグにソーセージが二本。サラダとスープは器が小さいものの、全体で見ればそれなりの量だった。

「さ、食べましょう」

エルザさんはそっと祈りを捧げてからそう言った。

ランチセットはとても美味しかった。味付けは少し濃かったけど、トーストと合わせるとちょうどいい。

食後は紅茶が入ったポットが運ばれてきたので、それをカップに注ぐ。

紅茶から出た湯気がゆらゆらと揺れている。

「こんな時間が過ごせるとは思わなかったわ」

「私もそれは思う」

熱い紅茶を冷ましていると二人がそんな会話をしていた。確かに奴隷にこんな自由を許す人はいない。

そんなつもりは毛頭ないが、このまま逃げる事だって可能だ。

信頼されているのか、それとも逃げるよりご主人様の下にいた方がいいと仕向けられているのか。

私の頭では難しい事は分からない。ただ、言われたことをちゃんとこなしていれば大事に扱って貰えることだけは分かる。ご主人様は理不尽な人ではないのは良く分かっていた。

紅茶を飲み終えて会計を終える。銀貨四枚の出費だ。

残りはまだ一六枚も銀貨がある。全部は使い切らないとしても、少し買い物をする余裕はあった。

「これからどうしますか？　何か見たいものがあれば行きますけど」

「そうね……といっても大抵のものは店で揃うから、そういうものを買って帰ると嫌味を言われそう」

「そういうところはあるよね」

「それは確かに……」

うちで安く手に入るのに、なんで買ってきたんだと言われると反論できない。

店で売っていないもので何かと考えていると、エルザさんが何か思いついた。

「服もそれなりに用意してくれてるし、化粧品を見に行こうよ。これなら三人とも使えるものだし」

「化粧品？　必要かしら」

アレクシアさんはいまいち否定的だ。私は詳しくないのであまり分からない。

「まあまあ。化粧品といっても、今回はお肌のケア用のものを買おうと思うの。以前貰ったものは無くなっちゃったし」

エルザさんはそう言ってアレクシアさんの頬を指で触る。

「ちょっと！」

アレクシアさんが慌ててエルザさんの手を弾く。

「少しだけ肌が痛んでる。いくら若いからって、ケアを怠ると奇麗な肌は維持できないんだから」

　エルザさんは手を弾かれたことも気にせずそう言った。

　自分の頬を触ってみる。あまりよく分からない。

「別に見せる相手もいないのだから、構わないでしょう」

「ダーメ。ご主人様の目もあるんだから」

「あんな男の為になんて……」

　そこまで言って、エルザさんがグイっとアレクシアさんを引っ張る。

「ああもう、力強いわねっ」

「さ、時間は有限だから行こう。終わったら別の店も見ればいいんだから」

「はぁ、分かりましたわ。だから手を放して」

　アレクシアさんはエルザさんから解放され、ため息を吐く。

　エルザさんは普段はおっとりしているのにここぞという時は押しが強い。

　薬売りのお店に足を運ぶ。

　ハーブや薬草を使って色んな薬を販売しており、化粧品も扱っている。そういえばこのお店には薬草を納品した事もある。

　私やアレクシアさんは詳しくないので、エルザさんが率先して商品を選んでいた。

「うん、これならいいかな。肌に合うか試したいから少し使わせてもらっても？」

　選び終わったようだ。買う前にクリーム状の商品を少量だけ貰い、手に馴染ませている。

それをまず私の手の甲に塗ってくれた。

「どう？　ピリピリしたりしないかな」

「ちょっとスーッとしますけど、大丈夫みたいです」

「次はアレクシアちゃんね」

「はいはい」

アレクシアさんの手の甲にもクリームが塗られる。

「……良い香りね」

「でしょう？　使われている薬草にリラックス効果もあるから」

三人とも大丈夫だったので商品を買う。三つで銀貨六枚。オマケで一個貰ったので少し得した気分だ。

その後は色んな店を回る。

大抵のものはご主人様の店で手に入るので見るだけで終わったのだが、下着を買った後に最後にあるものを購入した。

残った銀貨は一枚。特に使い道もなかったのでこのお金は返そう。

買い物を堪能し、歩き疲れたので家に戻る。

……戻れる家があるのは、幸せだ。

帰宅の挨拶をするためにご主人様の部屋に行く。ノックをして、返事を待ってから入った。

出かける前と同じ姿勢で仕事をしている。ずっと仕事をしていたのだろう。

「帰ったか。夕食は用意するからそれまでは適当に部屋で休んでいればいいぞ」

「はい、それであの、これ……」

緊張して心臓がバクバクする。そっとご主人様に近づき、買ってきた羽ペンを渡す。

「これは」

「ペン先が大分短くなっていたみたいなので、よかったら使ってください」

「渡した金なんだから好きに使えばいいのに。だがありがたく貰っておこう。余った金は持っておけ」

ご主人様はそう言って、新しい羽ペンにインクを付けて使う。

余計な事をと言われる心配もしていたが、喜んでもらえたようだった。

「ん？　なにか香水でもつけているのか？」

羽ペンを渡すときに化粧品の匂いが届いてしまったようだ。

「年頃だしな。別に構わんぞ」

そう言ってご主人様は仕事に戻った。報告も終わったので部屋から退出する。

それから服を着替えて洗濯する。今ならまだ外で干せば乾く。

乙女として、ご主人様にはやらせる訳にはいかない。

「なんだかんだで気分転換にはなったわね」

「素直に楽しかったって言えばいいのに」

「うるさいわよ」

「また行きたいですね。三人で」

充実した休日だった。またこんな日が来たらいいのにと、思わずにはいられない。

そうだ。奴隷を冒険者にしよう

2023年11月30日　初版第1刷発行

著者 HATI
発行者 浦井大一
発行所 KKベストセラーズ
〒112-0013　東京都文京区音羽1-15-15　シティ音羽2F
電話03-6364-1832（編集）
電話03-6364-1603（営業）
https://www.bestsellers.co.jp

編集責任 小川真輔
編集担当 中村あずみ（花鳥風月）
企画協力 与那覇優作（ステイハングリー）
印刷製本 近代美術

 ISBN978-4-584-39600-1 C0193